君がくれた光を紡いで

日下みゆき
KUSAKA Miyuki

文芸社

目次

我が家の猫くん

君に選ばれし白とグレーのハチワレ猫
名前はサボ
さびしんぼうで甘え上手
君の膝の上がお気に入り
気まぐれにプイッと出ていくところが
また、かわいい
でも不思議と鳴き声を聞いたことはあまりない

あれから七年
サボはおしゃべりになっていった
君をさがしているのだろうか
私たちを気遣っているのだろうか
とても不思議な猫くん
ありがとね

プロローグ

二〇一四年十月十九日、ひとり息子の智貴を骨肉腫で亡くし、二〇一九年三月五日には夫の尚之さんをすい臓がんで亡くしました。智貴は十七歳、尚之さんは五十四歳でした。こんな人生設計は私の中にあるはずのない出来事でしたから、今でもときどき夢ではないかと思うことがあります。夢であってほしいと願う心がいつまでも現実を受け止められなくて、二人の姿を追い求めてしまうのかもしれません。時間が過ぎればいつか自然にその思いは薄れていくものだと思ってきました。でも時間は決して解決してはくれず、その思いをもっともっと深くしていきました。

智貴を亡くした直後は買い物ができなくなりました。スーパーマーケットに行き、買い物かごを持って歩こうとするのですが、自分だけが異次元にいるような感覚になり、足が動かないのです。いつもなら智貴がたくさん食べてくれるようにと献立を考えながら買い込んでいたのに、頭の中が真っ白で「何か買わなくては」と焦るばかりでなんにも考えられず、そのまま何も買えずに帰る日が続きました。そんな日は車の中で大きな声で泣くのです。智貴の名を呼びながらわんわん泣きました。泣いたことがわかるのが嫌だったので、智貴の闘病中からの癖で泣くときは十分以内と決めて泣き顔がわからないようにしていました。今でもそれが変わっていないのが自分でも不思議なのです。

そんな日々が続く中でも嬉しいことがありました。買い物を済ませて帰ろうと速足で出口に向かうと背後から「くーちゃんママ！」と呼びかける声がしました。振り向くと智貴の幼馴染みの女の子二人がにこやかに手を振ってくれていました。〝くーちゃん〟とは智貴が小学校のときのニックネームです。同じ高校の同級生でもあったので当然智貴のことは知っていたのですが、生前と変わらない呼びかけに、思わず「ありがとう」と返していました。本当に嬉しくて涙が溢れそうになるのをこらえるのに必死でした。目指す大学も決まってキラキラ輝くその笑顔に、どれだけ癒されたことでしょう。

そして尚之さんが亡くなってからは、本当に大変な日々で、何をどうしたらいいのかわかりませんでした。家の財産管理に関すること、対外的なこと、税金や保険に関すること等々、数えきれないほどありました。生活の全てが尚之さんの後ろ盾があってこそ成り立っていたことが痛いほど身に染みてわかり、守られていたことにあらためて感謝でした。家族の生計を維持するためには本当にたくさんのことに気を使う必要があったのです。尚之さんはこのことを、私に一切心配をかけることなくいつも飄々とこなしていたんですね。でも今の私は一人で考え、一人で答えを出さなくてはなりません。ときどき、「これは大事なことだから尚之さんに報告しなくては」とか「尚之さんに聞いてみないと」などと、独り言が勝手に口をついて出て私自身驚き戸惑うことがありました。

二人の携帯電話にメールをしたりもしました。もしかしたら返信があるかもと思ったり、既読がつくかもしれないと思ったり、自分で返信を送ったりもしました。なんと空しいことをしていたのかと笑ってしまいます。

そしていまだに智貴の部屋は高校二年生の夏のままで止まっています。まだどうしたいのかも思いつかないし動かす気持ちになれないのです。家の中にもそこかしこに二人との思い出が散らばっていて、その日の感情によっては懐かしく思い出すことができても、気持ちが沈み込むと寂しさで涙が溢れます。智貴のクローゼットの中の洋服は智貴のにおいが三年くらい消えませんでした。ときどき開けて匂いを確かめると嬉しくなったものですが、匂いが消えてからは本当にいないのかと今更ながらの現実に悲しさがつのりました。それでも卓球関係の後輩からユニフォームをもらいたいと言ってもらえると嬉しくて譲ることができました。後輩たちの卓球活動で智貴のユニフォームが活躍できれば本望だったからです。

私のタンスには今でも尚之さんのたたまれたままの洋服があります。きちんとたたまれたまま動きません。尚之さんが洋服を選んだあとは必ず乱れていたのでいつも私が愚痴をこぼしながらたたみなおしたものですが、そのひと手間さえも愛おしく思い出されます。今でもほとんどの洋服やネクタイなどを片付けることができません。ネクタイひとつをとっても、それぞれの思い出がよみがえります。私が選ぶネクタイをいつも「いいね！」と言って買い求めていました。結婚前に私の両親にあいさつに来たときに選んだという思い出のネクタイも大切に保管してありました。そんな数えきれないたくさんの思い出は、二人を失った悲しみの中にいる私にとってかけがえのない家族の絆です。そしてそれは、家族と過ごした幸せな日々であり全てが私の中で生きているのです。

二人の思い出が私の中に生きていると思うようになってからは、生かされている私の命は私だけのものではなく尚之さんと智貴から託された命でもあるように感じます。姿はなくとも私の心の中でともに生きていると思えるようになったのです。それは、何かを行動に移すとき、迷ったときには必ず「尚之さんならどうしただろうか？」「智貴ならどう考えるだろうか？」と問いかけ考えている私がいるからです。

私の中に二人がいると確信してからは、私の物に対する執着が薄れていきました。少しずつ身の回りの物を片付けることができて清々しいと思えるようになりました。物はなくなっても思い出は決して消えず私の中で輝いています。ときどき泣いてしまうこともあるけれど、それは悲しみを乗り越えるために必要なことだから、我慢しないでおこうとも思っています。

私の居場所

尚之さんと考えて設計したリフォーム案が発病により中断したままでした。尚之さん亡き後、この計画をどうするべきかと悩み迷いました。しかしながら茶道仲間や親戚の方々が背中を押してくださり、これからを生きる私への尚之さんからのエールと受け止めてリフォームに着工することにしました。そして二〇二〇年秋に茶室ふうの小間として無事に完成することができました。

完成した茶室に座ると新しい畳の香りが何とも清々しく、とても穏やかな気持ちにしてくれました。そして一面のサッシを開け放つと北山杉の凛とした佇まいや木々たちのそよそよと風を運ぶ音、小鳥のさえずりが私を優しい気持ちにしてくれます。小庭の腰掛け待ち合いでは尚之さんが嬉しそうに煙草をくゆらせているようです。

「ここは尚之さんと私の夢の続きだね。ここではいつも一緒だね」という思いが湧き上がって、ここに私の居場所を用意してくれたんだと思えるようになりました。これからの人生は、ここで二人のことを感じながらひたすら茶道に精進していけばよいのだと思えた瞬間でした。

お父さんの息子への思い

お父さんが病状末期の頃、痛みで辛そうな時間が増えていきとても見ていられず、「お父さん、もう病院に行こうよ。入院しようよ」といくら私が言っても、

「お母さん、智貴は最期の最期までがんばって生きたから、お父さんも最期までがんばるよ」

と言って仕事に出掛けました。智貴が亡くなってからあまり息子の話をしなかった、ほぼ話さなかったお父さんの口から出た言葉に胸が締めつけられました。最愛の息子を亡くした深い悲しみの中で、息子のことを思い命のある限り精いっぱいがんばって生きてきたのだと。それは早くに亡くしてしまった息子への償いのようにも感じられ、その深い愛情に私はただただ感謝の思いでいっぱいになりました。もっともっと二人で智貴のことを話したかったけれど、お父さんはその悲しみを心に閉じ込めることで自分自身を律して生きてきたのだと思いました。

痰の吸引に来てくれた看護師さんから、

「咳ばらいができますか？」と問われて答えた言葉、

「よーし、がんばるぞ！」

努めて明るく振り絞った大きな声、これが最後の言葉でした。でもこの後にお別れのときがくるなんて考えられないほどに、この言葉は力強く未来があるように感じました。だからきっと今はそばで私を見守ってくれていて、ともに歩んでくれている、私にがんばれと言ってくれているように思うのです。

智貴が闘病中でありながらも常に前を向いて目標を定め、その一つ一つを乗り越えていった姿がお父さんの「生きる力」となって、余命八か月と言われながらも一年八か月の間、命の炎を燃やし続けてくれました。お父さんが智貴から受け取ったバトンを今度は私が受け取ってしっかり命を紡いで生きていきたいと思いました。

生きる力

誰にでも生きていくうえで支えとなってくれる人がいると思います。それは普通の生活の中では些細なことで気づかないかもしれませんが、困難に直面したときや失ってから初めて気づくことがほとんどだと思います。生活環境や状況が変わるそのたびに、そっと手を差しのべてくれる人たち。両親、兄弟姉妹、学校の先生、友だち、近所の人等々。身近な人ではなくても、気持ちが落ち込んでいるときに憧れのアイドルの笑顔や好きな歌に励まされて元気をもらえることもあります。誰もが一人では生きられないから、助け合い支え合いながらお互いを認めることで、人生を心豊かなものにできるのだと思います。

智貴も病気になったからこそ出会うことができた、たくさんの人たちに支えられてきました。その中で智貴が卓球をしていることがご縁で出会えたのが、パラ卓球のパイオニア岡紀彦選手でした。病気になり一度は諦めた卓球を岡選手が繋いでくださり、先が見えず不安だらけだった未来への道を、目線を変えることで切り開いていくことができたように思います。これをきっかけに未来への希望がどんどん膨らんで「生きる力」となり、闘病生活の中でも目標に向かって精いっぱいの努力を重ねていけました。

「ピンチがチャンス！」

「一パーセントの可能性があれば挑戦する意義がある」

智貴は、この岡選手の言葉に背中を押され、置かれた場所で生かされている自分にできる精いっぱいの挑戦を始めたのです。

卓球少年

お父さんのラケット

智貴が卓球を始めたのは、小学二年生の頃に卓球のラケットが押し入れから二本出てきたことがきっかけでした。お父さんが大学時代に使っていたもので一本はシェイクハンドラケット、もう一本はペンホルダーラケットでした。その当時のラケットですからとても古いものでした。お父さんは小学生から野球をしていたのですが、大学生になって卓球部に入部したのだそうです。だから野球のグラブもありましたが、智貴が選んだのは卓球のラケットでした。お父さんはペンホルダー派でしたが、智貴はシェイクハンドが使いやすいというので、ちょうどうまく二本のラケットを使うことができました。そして当時は台所のテーブルを卓球台にして家族みんなを巻き込んでの卓球大会で盛り上がりました。

あんまり楽しそうに夢中になっているので、どこかで卓球ができないかと思っていたところに、毎週水曜日の放課後に小学三年生から入会できる卓球教室があることがわかり、三年生になるとすぐに智貴は喜んで入会しました。一時のマイブームで終わるのではないかと思っていたのですが、夢中になれるものに出会えてよかったなと思いました。

中国人指導者

卓球教室の指導者は中国から来日している日本語の堪能な方で、地元で卓球クラブの監督をされているとのことでした。放課後の卓球教室とはいえ、ユーモアを交えながら技術指導をされる一方で礼儀を大切にされている印象があり、子どもたちにとっても大切な時間になる場所だと感じました。

一学期が終わり夏休みは卓球教室もお休みになります。指導者から、「せっかく卓球を始めたのだから夏休みの間、クラブに見学に来てみないか」と誘っていただきました。智貴はどんなところだろうかと不安に思いながらも興味があるようなので、軽い気持ちで見学に行くことにしました。

会場の小学校の体育館には、整然と並べられた卓球台で小学生から中学生までの男女が真剣に練習に励んでいて、床は一面真っ白にピン球が散乱していました。私はその光景を見た瞬間に場違いなところに来てしまったと思い、「帰ろうか」と言ったのでした。ところが智貴はその光景にとても刺激を受け、自分も上手くなりたいとクラブへの入会を決め、その後の日々が卓球一色になっていきました。

中国遠征

小学四年生の冬に、市の国際交流事業の一環として中国の漢中市へクラブチームが派遣されることになり、智貴も希望して参加をすることになりました。まだ本格的に卓球を始めて一年半だったので早いかなと思ったのですが、監督から遠征に参加することは本人にとって大きな成長につながると言われ、智貴は外国に行けることにも興味を持っていたので参加を決心したのでした。

この遠征ではたくさんの経験と社会見学ができました。何よりも一番の成果は、打球方法の悪い癖を基礎から直すことができたことでした。漢中市との卓球交流の際に、智貴のバック打ちを見た漢中の監督さんが、打球する際の腕の振り方がよくないと指摘されたのです。いきなり中国語で指を差しながら指摘されて、智貴は一瞬何が起こったのかわからなくて怖かったそうです。それくらい打ち方が悪かったということですね。その後、民間の卓球クラブで練習をしたときに、智貴と同じ左利きの元プロの卓球選手がおられて、ずっと打球法を教えてくださって悪い癖がほとんどなくなりとても感謝をしていました。このことは本当に嬉しい出来事だったので、いつまでも忘れることがありませんでした。

十日間の滞在でしたが、最後の三日間は自費にて上海にあるナショナルチームの合宿所で練習に参加しました。とても厳しい練習で足に豆ができたり熱を出す子もいるほどでしたが、智貴は十日間を存分に楽しんで学んで、大いに成果のあった遠征に参加できたことを喜んでいました。

日常生活

中国遠征後は、今まで以上に練習に励みました。平日は、小学校から帰宅後すぐに宿題を終わらせ、夕食を軽く食べて十九時から二十二時までの練習に通いました。土・日曜日も練習に通い、大会前には一日練習や他のクラブチームへの遠征など、卓球中心の毎日でした。五年生になるとついに我が家に卓球台を購入しました。いつでもピン球を打てる環境にしてあげたいというお父さんの計らいでした。たまの休みや休日の夜など、お父さんも私も微力ながら練習に付き合い智貴との時間を楽しめました。

こんな卓球漬けの毎日でも、学校の友だちとは寸暇を惜しんで遊びました。先生や友だち、みんなが大好きだったので学校生活が楽しく、給食がとってもおいしくて、元気いっぱいで充実した日々を過ごしていました。

東京体育館

毎年夏休みに「全国ホープス卓球大会」という大きな大会が東京体育館で行われます。各都道府県での地方大会を勝ち抜いた代表一チームが団体戦で日本一を競うのです。智貴も所属するクラブの先輩たちがお揃いのユニフォームで颯爽と活躍する姿に憧れていました。

そして五年生の夏にクラブが島根県代表となり、補欠メンバーとして初めて大きな大会に参加する機会を得ました。補欠ながら来年に向けての経験を積むためにと、一試合だけチャンスを与えられて試合ができることになりました。しかし緊張のあまり2セットを先取され、あと1セット落とせば負けてしまう、「もうダメだ」と見ていられませんでした。祈るような思いで応援していると、そこから踏ん張り3セットを連取して、何とかチームのみんなに迷惑を掛けずに勝利できたことは今も忘れることができません。

六年生のときの「全国ホープス卓球大会」ではメンバーの一員として出場することができ、結果は二年連続で準優勝となりました。智貴はこのときの決勝戦で、チーム内の団結力がいかに試合の結果を左右するのかを痛感しました。一つの目標に向かってチームが心ひとつに戦うことで、個人の持つ力以上のものが発揮できて初めて頂点に立てることがわかったようでした。この団体戦での戦いの難しさを知ったことで、望む結果を得られたときの感動を味わってみたいと、中学校は卓球のできる環境が整った私学に進むことにしたのでした。

最後の試合

入院を控えた十一月初旬、智貴は医師に十一月十一日に卓球大会があることを伝えました。

「先生、今度大会があるけど出てもいいですか?」

「卓球の大会?」

「はい、とても大事な大会なので出たいです」

あまり自分から進んで発言しないタイプなのでその発言に驚きました。

医師は少し困ったようにパソコンの中の画像を右手のマウスで忙しくスクロールさせながら、

「転んだり、左足をぶつけたりしないようにできるなら出てもいいことにしましょう」

と言ってくれました。

数分前の診察で激しい運動は禁止と言われたばかりで、当然部活動もしてはいけない状況の中で智貴は試合に出たいと懇願しました。厳しい練習を重ねて多少なりとも上達できた自分を試したかったのかもしれません。万全ではない左足を承知の上で出場した中学一年生の秋の新人戦だったと記憶しています。

私は入院まで一週間という日程の中で仕事の引き継ぎが忙しく、応援に行くことができませんでした。正確には、怖くて応援に行くことができなかったのだと思います。どんなときでも必ず応援に行っていた私なのに、この大会が智貴にとってどんなに大切な試合であったかを考える余裕もありませんでした。

応援に行っているお父さんから試合の様子が逐次メールされてきました。転んでいないか、痛みはどうか、勝敗は……心配な思いばかりが頭をよぎる中で、智貴は団体戦・個人戦ともに出場していて、とてもがんばっていることが短文の中から伝わってきました。「すごい、木村君に勝ったよ。次は鎌田君とだよ」と、ベスト8まで進んだことに興奮していることがすごく伝わってきました。私も嬉しくて思わずガッツポーズしました。次の試合の鎌田君は同じ学校の一年先輩です。残念ながら負けてしまいましたが精いっぱいがんばって卓球ができることを楽しんだと思います。

お父さんはこの鎌田君との試合をビデオ撮影していましたが、智貴がすぐに闘病生活に入ったので私はずっと見たことがありませんでした。この本を書こうと決めた今になって、やっと智貴の試合のビデオを見ようという気持ちになりました。もう何年も時間が過ぎているのに、私には今のことのように鮮やかな記憶として甦ります。

この日の試合は左足に病気を抱えていることを知らない人には普通の試合に見えたと思います。しかしあの日の帰り道、もう自転車がこげないほどの痛みがあったと聞きました。でもビデオに映る智貴は、必死にピン球に食らいついていました。どう考えても足が動いていない、球に体重が乗らない手打ちになっています。かなりの試合数をこなしていたので痛みは限界にきていたのだろうと思います。それでもはじけたピン球を走って取りに行き、気合の声もいつもより大きかった気がします。最後まで試合をあきらめない智貴のいつもの姿勢がそこには映っていました。試合後に智貴のもとに駆け寄って握手する鎌田先輩の気遣う姿が本当に嬉しく、手を抜かない試合を戦ってくれたことに感謝しかありません。

お父さん、智貴の最高の試合を残してくれて本当にありがとう。

入院生活

入院生活のはじまり

二〇一〇年十一月十七日に、智貴は岡山大学病院に入院しました。入院前日の夜、「智ちゃん、お母さんは病気が治るまでずっと一緒にいるからがんばってこようね」と言って三人で川の字になって眠りました。中学生になってから下宿生活をしていたので、久しぶりの親子三人の時間です。布団に入ると小学生の頃を思い出して話が弾み、なかなか眠ることができませんでしたが、親子でゆっくり話せた穏やかな時間でした。

そして入院当日はお父さんの誕生日。お父さんの運転する車で出発して間もなく、智貴が「お父さんの誕生日だからサーティワンアイスクリームを買おうよ」と言うので、近くのお店でそれぞれが好きなアイスクリームを選び、お父さんのささやかな誕生会が車中でできました。私は気持ちが落ち着かず化粧もできないままで、ただただ不安だったのですが、智貴のお陰で少し気持ちを落ち着かせることができました。入院先の岡山は、自宅から三時間くらいのところにありました。大学病院に到着すると、その建物の発する大きさに押しつぶされそうな圧迫感を感じたことは忘れることができません。これからここでどんなことが待っているのかと怖くて不安ばかりの私でした。

はじめは整形外科での入院でした。地元の病院からの情報提供で左大腿骨骨肉腫の疑いでの入院だったので、診断名を確実につけるための生検術がすぐに行われました。入院の翌々日だったのでお父さんは立ち会えず、私は一人で智貴の手術が終わるのを待ちました。腫瘍組織を取るだけの短い手術でしたが、病室を車いすで看護師さんに押されて出発しました。手術室の扉の前で「がんばってね」と手を振って送り出し、扉が閉まるまで見送りました。

前日に主治医からの説明で、骨の中の腫瘍組織を取って良性腫瘍か悪性腫瘍かを診断するために行う手術であることを聞きました。「そうか、まだガンではない可能性もあるのか」と、わずかな希望を持っての手術でした。骨肉腫は眠れないほどの痛みがあり、歩くこともままならない状態になるのがほとんどだということですが、智貴は運動すると痛みが出るけれど一晩寝ると翌朝には痛みがなくなり歩くことができる状態でした。そのために主治医も慎重な診断が必要なのだとのことでした。

手術室の扉が開いて術衣の主治医がマスクを外しながら出てきて、「サイコロくらいの大きさの骨を大腿骨から取り出して組織検査をしましたが、悪性でした」と告げられました。私は主治医の頬にくっきりと残っていたマスクの跡がやけに印象に残りました。ただボーッと見つづけていました。そのときに何を言ったのか記憶がありません。智貴にどんな顔をすればいいのか、何を話せばいいのか頭の中はパニックでした。

お父さんに報告するためにすぐに携帯電話をかけました。

「お父さん、悪性だって言われた」
「わかった。お母さん、これから長い入院生活になるけど、智貴はお母さんがいないとだめだから、体を大事にして智貴の傍で守ってあげてよ。お父さんは毎週土日には必ず会いに行くからがんばろう」と穏やかに言いました。遠く離れているお父さんは、さぞかし辛いことだろうと思いました。言葉は優しく穏やかだけれど、傍にいられない辛さは怒りにも似た感情でやりきれない思いだったと思います。

智貴がお世話になるのは整形外科と小児科で、それぞれ主治医がおられました。病名的には整形外科の担当になるのですが、中学一年生だったので体を総合的にみるために小児科の所属ということでした。整形外科の先生と小児科の先生が治療方針を相談してくださるのでとても心強く感じました。整形外科の先生は単刀直入に物事を話されるのに対して、小児科の先生は柔らかく少しずつ核心部分に導いていくような話し方でした。

当時から、ガンでも本人への告知が当たり前になっていましたが、小児の場合はどうなのだろうかと心配になり、本人に病名を告げるかどうかを主治医に尋ねると、「小児といえども自分自身の病気を知ってもらい、その病気を治すために入院して治療をするということを話してから治療を開始しています。小さい子は話の内容が理解できなくても、病気だからお薬を飲んだり注射をするのだということはちゃんと理解してくれます。智貴君は中学生だからきちんと病気について理解できるし、その上で治療に向き合う気持ちをしっかり持つことで治療効果も上がると思います」と話されました。確かに本人が病気と闘う気持ちがなければ病気に負けてしまうだろうことはとてもよく理解できました。しかしその反面、今はネットで調べれば何でも検索できてしまう時代なので、どうか病気の予後などを見ないでほしいと願いました。そして病名告知は主治医の先生にお任せして私たち夫婦は同席しませんでした。どのように説明をされたのかは聞いていませんが、智貴は特に変わった様子もなくいつものままだったので少しホッとしました。

小児病棟

整形外科での生検を経て、治療開始のために小児病棟へ転棟することになりました。治療が開始になると長く家に帰ることができなくなるので、その前に外泊許可をもらって家に帰ることになり、二泊の外泊許可をもらって帰りました。おばあさんと大叔母が喜んで迎えてくれてひとときの家族だんらんを過ごしました。ちょうど智貴が大好きなイギリスの魔法学校の映画が上映中だったので観に行きました。外泊中は転倒に注意するように言われていたので、慣れない松葉杖で暗い映画館内を歩くことは心配でしたが、智貴にとって久しぶりの映画鑑賞だったのでとても嬉しそうでした。お父さんとの間に挟む形で並んで座りました。私は智貴のこれからを考えると気持ちが沈んでしまい映画を楽しむことはできませんでした。智貴の表情ばかりが気になってどうしても涙がこぼれましたが、感染予防のためのマスクを常時着用していたので涙を隠すことができて助かりました。

外泊後、いよいよ小児病棟に入院です。小児病棟は一般病棟とは異なって入り口に自動扉があり十八歳未満は入ることができません。感染予防のためにマスクの着用も義務付けられていました。

そして、病棟の事務の方に病室へ案内してもらうため自動扉を入ったところで、若いお母さんが、「危ないって言われたー！　どうしよう！　助からないかもしれない！　あー！どうしよう！」と、泣き叫びながら廊下で転がり続けていたのです。昼間ですから看護師さんもいたし入院患児の親御さんたちもいたのですが、誰としてその若いお母さんに声掛けをしないのでした。私はびっくりしてしまって、あまりの衝撃的な場面に震えるほど怖くてその横をそっと通り過ぎることしかできませんでした。

入院生活が始まると、この光景もなるほどとうなずけることばかりでした。同じ病棟には心臓以外の難病で入院中のゼロ歳から中学生まで三十人くらいの子どもたちが長期療養中で、ときには高校生や大学生、大人も短期入院することがあります。小児のときからの継続治療を追ってのことです。ここでは常に生死をかけた治療をがんばっている子どもたちばかりでした。それでも子どもたちは治療中以外ではとても明るく元気に病棟内を駆けてにぎやかです。ときには自分のことよりもお友だちの心配をして、お腹が痛いと言って泣いている女の子に「どうしたの？　お腹が痛いの？　大丈夫？」と言って頭をなでてあげる小学生の男の子がいました。でもその男の子は、数日後の朝にはベッドがなくなっていました。夜のうちに急変して亡くなったのだと聞きました。その後もそんなことは何度かありましたが、大人たちはみんな何事もなかったかのように過ごすのです。それがここのルールであるかのようですが、それは私たち親にとって現実として受け止めたくないことだったからだと思いました。

私は、この厳しいあらゆる現実は自分の中に置いて、智貴が希望を持って治療を受けることができるようにサポートしていこうと決めました。とにかく笑うことが一つでも増えるようにしてあげたい、私は絶対智貴の前では泣かないこともこのときに決めたのです。

マイルーム

智貴が案内された病室は四人部屋でした。入り口側のカーテンで仕切られたスペースにベッドとサイドテーブル、床頭台がありました。夕方に看護師さんが「お母さんのベッドがいりますね」と言って、長椅子のような簡易ベッドを運んでくれました。狭いスペースながらきっちり収まって私の寝床も確保できました。付き添いといってもどんなふうに病室にいればいいのか見当がつかなかったのですが、ここに二人で生活していく家ができたと思えばいいのだとわかり安心しました。

食事は当然給食がありましたが、どこの病院でもよく聞く〝病院食はまずい〟とのうわさどおり子どもには向かない内容が多かったと思います。だからお母さんたちは食堂にある電子レンジやトースターを使ってウインナーやハムを焼いたり、食パンにチーズや野菜をのせてピザふうに焼いたり、麺類をチンしてスパゲッティを作ったりと、いろいろな工夫をして、食べられるときにはなんとかたくさん食べさせようと努力していました。遠くから入院している子どもが多かったので、小児科には貸し出し用の自転車がありました。お陰で慣れてきて地理がわかるようになると、近くのコンビニやスーパーに買い出しに行ったり、レンタル屋さんにＤＶＤを借りに行くこともあり、付き添いの気分転換にもなりました。

そして何と言っても外来ホールに珈琲専門店があるのが嬉しいことでした。私は珈琲が好きだったので、病院内に香りが漂うだけでもホッとできた気がします。智貴もひとつ治療をがんばったご褒美に珈琲屋さんに行くことを楽しみにしていました。

お風呂もシャワー室は順番表に書いておけば付き添い者も使用できました。洗濯機も乾燥機もテレビカードで使用できました。でも長い入院生活では経費節減のために、洗濯物を突っ張り棒で病室に干すコツを他のお母さんに教えてもらいました。付き添い者が風邪をひくと病棟に入れなくなって困るので、風邪気味になったら葛根湯を熱い白湯で溶いて一気に飲むと治るなど、いろいろな情報やジンクスをベテランのお母さんから教わりながら、少しずつ小さな街の長屋に仲間入りしていく感じでした。

治療開始

整形外科の主治医から、治療として臨床試験への参加を依頼されて、説明を受けるも内容がよくわからないままでしたが通常治療とのことで承諾をし、その臨床試験に沿った化学療法が開始されました。一週目に二種類の薬を点滴で流され、その後四週目に別の一種類の薬を点滴で流されました。少しの嘔吐と食欲不振になりましたが、とりあえず無事に1クールが終了したことを喜びました。ところが、治療効果を見るためにＭＲＩ検査をしたところ効果が見られなかったうえに、肺への転移が確認されたというのです。原発からの転移があると臨床試験には参加できなくなり、治療方針が変わることになります。ＭＲＩ検査の結果説明に病室に来られた整形外科の担当医から「今回の抗がん剤治療では効果がみられず、肺への転移も確認されました。四種類使える薬のうちの三種類が効かなかったので、残る一種類で次の治療をしていくことになります」との説明でした。私は〝抗がん剤〟という言葉が嫌いでした。小児科では〝化学療法〟と言われていて、〝がん〟という言葉は一切使われませんでした。些細なことのようでも〝がん〟という言葉の持つ鈍い響きは心の奥底に沁み込んでいくのです。

そして四種類しかない治療薬のうちの三種類に効果がなかったということは、つまり残りの一種類で効果がなければ治る見込みはないという過酷な宣告を受けたことになります。心が凍りそうな思いで智貴の顔を覗くと、顔色一つ変えず涙一筋もこぼさず淡々と担当医の顔を見つめて説明を受ける姿があり、それは智貴の何か強い意志を感じる姿でした。

第四の治療薬

はじめての化学療法で白血球の減少があり、落ち着くまで三週間ほどかかりました。その頃はちょうど年末にかかり多くの入院患者さんが外泊で家に帰るのですが、智貴は年明け早々から治療が始まるので帰りませんでした。病室には智貴と二人になり、看護師さんからテレビもイヤホンしないで観てもいいよと言われたので、久しぶりにゆったりと年末の特番で松本人志さんの番組を二人して大笑いをしながら楽しむことができました。隣の部屋にいる一つ年上の中学生二人も外泊せずにいたそうで、お母さんから同じ番組をみて大笑いしていたと聞いて、みんなが楽しい年越しをできてよかったなと思いました。

元日にお父さんが会いに来てくれました。山陰地方は年末からの大雪で道路も大変なことになっているとのことでとても心配しましたが、いつもなら三時間かかるところを五時間半かけてやっと昼過ぎに無事に到着できました。到着後間もなく智貴の顔を見ながら、「お父さんね、昇級試験に合格したよ」と言ってガッツポーズしました。当時、智貴も昇級試験があることを聞いていて、「お父さん大丈夫かな？　合格したらどうなるの？」と聞くので、「支店長さんになれるんだよ」と答えると「へー、支店長さんですか。かっこいいね。合格できるといいね」と、とても気にしていました。そこへ忘れた頃の突然の朗報に、「えー!!　本当に？　支店長さんですか？」とおどけて祝福をしました。ちょうど智貴が入院したタイミングに昇級試験があり、智貴を応援するためにも、自分自身のためにもどうしても合格したいと言っていたので願いが叶い本当に安心しました。

病棟も元日だけは穏やかな静けさの中で過ぎました。お父さんが来てくれたのではじめて外出許可をもらい、お父さんの合格祝いも兼ねて夕食は焼き肉を食べに出かけました。久しぶりに親子三人での外食です。智貴が美味しそうにたくさん食べてくれてお父さんもとても嬉しそうで、楽しいお正月のひとときを過ごせました。

四種類目の治療薬はお正月早々二日から五日間のコースで、一日に六時間かけて投与されました。かなりの量の治療薬を投与することになるので、入った治療薬は体から出さなければ腎臓に負担がかかるため、大量の水が点滴で流され尿の排出量も昼夜問わず大変なものでした。無事に終了できたことを喜びつつも、果たしてこの治療薬が功を奏してくれるのかどうか検査結果を待つ二週間はとても気を使う時間でした。

それでも毎週お父さんが来てくれるので、入院後に智貴のマイブームになっていたボードゲームをずっとお父さんと二人でしていました。お父さんは親の面子をかけて負けられないし、智貴は負けず嫌いを前面にだしての真剣勝負です。こんなときはいろんなことを忘れて没頭できるので、普通の中学生として楽しそうに過ごす様子に癒されました。

治療後の血液検査は毎日チェックされていて、ヘモグロビンの値が下がったので初めての赤血球製剤の輸血を経験しました。赤血球製剤は特定生物由来製品と言われ、いわゆる血液製剤のことで、感染や副作用のリスクについて説明を受けました。単に輸血という知識はあってもB型肝炎、C型肝炎、エイズや梅毒等々への感染、拒絶反応などたくさんのリスクを伴うことを知りました。幸い何事もなく輸血が終了し一安心できました。治療が始まってからは、治療そのものだけでなくそれに伴うあらゆる検査や日々の検温、体重、食事、水分量、血圧、尿量、排便等、体のあらゆることをチェックして慎重に治療が進められることを知り、治療というものは医療者の懸命な努力の上に成り立っていることにあらためて思いを深くしました。

治療終了後二週間目にCT検査が行われ、最後の治療薬に効果があることがわかりました。主治医から説明を受けた後に、「お母さん、よかったー！　四つのうち三つがだめだったけん、あと一つが効かんだったらどうしようかと思ったわ」と智貴は満面の笑顔で話してくれました。私は「本当に良かったよね。あと三回の治療がんばろうね」と言うのがやっとで、もう心臓がバクバクで手が震えていました。三つの治療薬が効かなかったことを聞いていたときの智貴の姿が思い浮かびました。本当に辛かっただろうに、この子はどれだけ辛抱強いのだろうかと。これから先も、もっともっとこの笑顔が見られますようにと祈りました。

この後三月までに、三回の化学療法が行われました。回数を重ねるごとに血液検査の数値がすぐに下がるようになって、赤血球、血小板の輸血に加えて白血球を上げるための薬剤投与もありました。そして本人の受けるダメージも大きくなり、激しい嘔吐との闘いでした。食事がとれなくなり、水分補給も飲めばすぐに吐いてしまうという状態でした。看護師さんの白衣が見えただけでも嘔吐するし、姿はなくてもナーシングカートのガラガラという音や消毒液の匂いにも非常に敏感になり、それだけで嘔吐するまでになってしまいました。背中をさすることも嫌がるので全くなすすべもなく、傍で見守ることしかできないのが悔しくて悔しくてたまりませんでした。目の前で辛さにじっと耐えているわが子に何もしてあげられないもどかしさに胸がつぶれる思いでした。

途中二回目の化学療法から二週間後のCT検査でさらに効果があることがわかり、整形外科の主治医から全左大腿骨置換術の日程が決まったことを聞きました。智貴には待ちに待った手術だったのでとても嬉しそうでした。入院当初から体の中にある腫瘍をとにかく早く取り出してほしいと訴えていたのでなおさらです。腫瘍を小さくして手術で取りやすくするためには手術前の化学療法は不可欠でしたから、先が見えるまでよくぞ投げ出さず根気良くがんばってきたと思います。そして術前三か月の化学療法を無事に終え、ひとつ山を越えることができた喜びは、智貴にとって大きな希望の光を与えてくれたように思えました。

思春期

智貴の最後の望みをかけた第四の治療薬は功を奏してくれたものの、やはり脱毛は避けて通れませんでした。集中的にかなりの量を投与したこともあり、一回目が終了してからほどなく抜け始めたのがわかるようになりました。明らかに毛が抜けて枕や布団、洋服にも落ちていくのに智貴はそれを認めようとしませんでした。思春期の男子にとって髪の毛が抜けることはさぞかし辛く悲しいことだったと思います。手入れしなければ頭の上に覆いかぶさる抜け毛はかつらのようで見ていられませんでした。どのように声をかけてよいのか私自身も悩みました。

病棟では、小さな子どもたちがツルツル頭のままで無邪気にはしゃぐ姿があり、とても可愛らしく感じました。中学生男子も数人いましたが、皆が思い思いの帽子をかぶってとてもよく似合っていました。そんなふうに帽子も一つのファッションととらえておしゃれをすることも前向きな思いに繋がるんだと感じました。

脱毛が始まったことを中学生のお母さんに話したところ、通称〝コロコロ〟という粘着カーペットクリーナーを持ってきてくれて「このコロコロが便利だよ。入院したら必需品だよ」と言って智貴の前で少し掃除してくれました。私も「そうだね、便利だね。これお父さんに買ってきてもらおうよ」と。そして続いて「日下君、うちの子はニットの帽子をかぶってるよ」と言ってくれました。同じ中学生男子のお母さんで、再発して二度目の入院中なのだと聞きました。とても芯の強いお母さんで、私の気持ちもよく理解してくれていろいろ教えてくれたり助けてくれました。付き添う親も強い気持ちがなければ病気と闘えないことを身をもって教えてくれた気がします。

その夜、「お母さん、髪の毛はまた生えるもんね」と言って笑いました。自分自身にしっかりと言い聞かせるように納得したのだと思います。私はホッとするとともに、素直に現状を受け止めてくれた智貴に感謝の思いが湧いてきて泣きそうになりました。「明日は昼間にシャワーできるように許可をもらおうね。それからお父さんにコロコロと帽子を買ってきてもらおうよ」と話しました。「帽子はどんなのがいいかな。お父さんはセンスないからなぁ……」と言いながらお父さんに電話をかけて、「普通のシンプルなニット帽でいいから、とりあえずひとつ買ってきてね。また一緒に外出できたときにも買ってよね」とお願いしていました。

そして翌日にシャワーの許可をもらって洗面台で髪を洗いました。はじめに温水シャワーで髪を流したのですが、少しずつ抜けて流れていくのではなく、本当にかつらがはがれるようにごっそりと抜け落ちていく様は、私の掌に何ともたとえようのない悲しみを残しました。

後日、お父さんが買って来てくれたニット帽は灰色と黒色の二種類でした。智貴はそれを見るや否や「お父さんにしては意外とセンスいいじゃん」と言って黒色をかぶり、次に灰色をかぶって「グレイが似合う気がするけど、どう?」と。お父さんは無言でとても満足そうです。確かに智貴は色が白いので灰色がよく似合う気がしました。「よく似合っててかっこいいよ」と言うと、「帽子をかぶると温かいね。これで風邪予防になるわ」と自分で頭を撫でて笑うので、お父さんも私も思わず噴き出して大笑いしてしまいました。髪のないことを笑うなんて想像もしませんでしたが、智貴は私たちの前ではどんどんありのままの自分をさらけ出して、今の自分はこうなんだとしっかり表現してくれるようになりました。病気になる前は自分のことを表に出してこなかった智貴の変化がどこからくるものなのか、どのようにこの変化を受け止めるべきかを考えました。智貴は、ありのままの今の自分をしっかり見つめて、それを一緒に理解して受け止めてほしいということではないかと考えました。もちろん、私たちはずっと智貴の傍で全力で守ってあげたいと思うのでした。

治療中の楽しみ

「じゃ、今から冬眠するけん。一週間後に会いましょう」と言って頭から布団をかぶり、本当に必要以上には出てこないし、言葉もなく食べることもできずにじっと五日目の点滴が終わるのを待つのです。この間は、こちらからも必要以上に声掛けもできないほどしんどい毎日です。匂いにも敏感になるので私は食堂で食べようと思うのですが、智貴は匂いは我慢できるからここで食べてほしいといいます。それは、やはり強がっていても治療による副作用がいつどんな形で起こるかわからないことへの不安があったからだと思いました。治療中の給食は、いつでも食べることができるようにと中止にしないであります。だから食べられないときの給食は、もったいないので付き添いのお母さんたちが食べてくださいと言われていました。本当は患者本人ではないのでいけないことかもしれないのですが、付き添うことにもお金がかかりますから本当にありがたく助かりました。

「ピピ、ピピ、ピピ……」終了の合図が鳴ると私は勇んで音を消し、ナースコールを押して「終わりました」と報告します。そして智貴にも「終わりましたよ、お疲れ様」と声を掛けます。でも返事はありません。それでも最終五日目の治療が終了して、看護師さんから「日下君、今回もよくがんばったね。終わりましたよ」と優しく声を掛けられると、「うん」と声にならない声で答えていました。

そして治療終了日から二日後には、布団からチラッと顔を覗かせて、「なんか買ってきて」と食べ物を要求します。このチラッと覗いて私を見てくる顔がなんと嬉しいことか！「わかったよ、何がいいかな?」との問いに、そのときの気分で欲しいものを嬉しそうに考えます。一週間も食べていないのですから体力も落ち、体重も三キロから五キロは落ちてしまいます。だから体力の回復のためにたくさん食べてほしいと思うので、本人の希望はなんとかして叶えてあげたいと思い奔走します。

一番の贅沢は、院内の食堂街のお寿司屋さんで本格的な握り寿司を買うときです。焼きそば屋さんの目玉焼き載せもとってもおいしいのです。ただ、治療後すぐには胃が弱っているので軽めのパン食から慣らしていくのですが、やはり、外出してお父さんと三人で食べる焼き肉が一番の楽しみなのでした。

治療後に白血球の数値が下がると感染の心配があるために、病室のベッドにクリーンという名の機械が取り付けられて、数値が回復するまでその中から出ることができなくなります。このときはあらゆる感染を防ぐために、生ものや果物は禁止でアイスやゼリーなども密閉されているものでなければ食べないように徹底されていましたので、給食を我慢して食べることになります。智貴曰く、「ストレスたまって最悪だ」と言うほどに、一週間あまりの監禁生活ですからたまったものではありません。しかし、副作用もなくなり体調的には良好になるので、こんなときはマンガを読んだり、ＤＶＤを観たりしてリラックスして過ごすことができました。体調のすぐれないときもＤＶＤを観ていると何にも考えずにただ没頭できるので好きだったようです。

お父さんが買ってくれた魔法学校の映画シリーズは特に好きでした。セリフを覚えるほどに観ていて、そのうち英語版でも観るようになりましたが、残念ながら英語が得意だったわけではありません。「英語が話せる気分になるなぁ」と笑っていました。

小学校の頃はマンガ本を読むことはなかったのですが、院内学級のボランティアの三好さんからマンガ本を借りるようになってからは、『ワンピース』に没頭しました。「これはすごいよ。漫画家は頭が良くないと書けないね。海洋学から考古学、天文学とかいろんな要素が入っているし、仲間を大切にするところがいいよね」と熱く語るほどお気に入りでした。お父さんと二人でワンピース談義が始まると、マンガ本の表紙の裏まで見ている智貴にお父さんは完敗でした。そんな楽しそうに笑う二人を見ているのは本当に幸せだなと感じるひとときでした。

全左大腿骨置換術

手術が決まって喜んだのも束の間でした。整形外科の主治医と私たち夫婦との面談がありました。智貴の足の状態から術式は三つあるとのことでした。左足の切断、全左大腿骨置換術、回転形成術でした。ひとつひとつについて丁寧に説明してくださり、「ご両親はどう考えられますか？　ただ、先のない子の足は切れないです」と言われました。〝どういうこと？〟お父さんも私も困惑しました。「おそらく五年生存は難しいです。そのような場合、足を切断して長い間松葉杖を使うより、置換術により自分の足で最後まで過ごす方がストレスにならないと思います」。もうすでに主治医の中では術式は決定しているのだと感じました。たくさんの症例を経験されての判断だと思いますから何にも返す言葉がありませんでした。それでも二人で調べてきたことを聞いてみようと思いました。

「取り出した骨の腫瘍細胞を不活性化させて、再度患者の足に戻すという再利用の方法があるようですが、それはできないのでしょうか？」

「その治療法もありますが、智貴君の場合は戻してから骨がしっかり機能するようになるまで時間がかかると予想されますので、長い間松葉杖生活になりますし、病気だった骨を戻すことで再発する可能性があるので向いていないと思います」とのことでした。少し時間をいただきましたが、結局主治医の意見を受け入れることになりました。ただ術式については受け入れましたが、〝五年生存は難しい〟との言葉は到底受け入れることはできないと思いました。たくさんの経験からの発言であっても、なんで今言うのだろう。これから良くなるために手術を行うのに、智貴が待ち望んだ手術なのに、どうして〝先のない子〟などと言われなければならないのだろう。百歩譲ってそうだとしても、今は聞きたくない言葉に希望が押しつぶされそうになりました。

手術の二日前に小児病棟から整形外科病棟に転棟しました。主治医から感染するといけないので術前のシャワーをしっかり行うようにとの指示があり、朝と夕方の二回シャワーをしながら左足を丁寧に洗いました。「これくらいでいいかな？」と、はしゃいでいるようにさえ見え、智貴の気持ちが手術に向けて高揚していくのがわかりました。本当に待ちわびた手術なのだとつくづく思いました。「明日はがんばってね。お父さんも明日の朝には来るから二人で待ってるからね」と言うと「大丈夫だよ。手術室に入ったら麻酔かけるでしょ? あとは寝てるだけ。何にもわからないうちに手術は終わるから怖くないよ」と言って、手を口に当てて麻酔をかける真似をしながら、カクッと意識がなくなる様子を演じて笑ったのです。どこまで本気なのか、不安だと思うのですが私に心配をかけまいとしていたのだと思います。だから私も、「そうだね。麻酔したらもう何にもわからないよね。安心だね」「そうそう」と智貴は涼しい顔をして言いました。

手術当日の朝、お父さんと二人で手術室の入り口まで一緒に行き、扉が閉まるまで手を振って見送りました。主治医の説明によると腫瘍が動脈と静脈に接しているので癒着を剥がすことと、主要な神経が近くにあるという二つの危険なリスクがあるとのことでした。「きっと大丈夫だよね」とお父さんと確信して、控え室で落ち着かない時間を過ごしました。およそ八時間後にやっと終了したとの連絡が入りました。時間がかかるとは聞いていたのですが、長い長い時間でした。案内されるまま手術室の前に行くと、中から出てきた智貴はたくさんの管をつけて、まだ麻酔から覚めていませんでした。そのまま集中治療室に移動すると、四、五人の医師が智貴の傍に来て、「日下君、わかる? 足を動かしてみて」との主治医の呼びかけに、両足を動かす様子が見えました。その途端、「おー!」という医師たちの声が上がりました。神経が切断されず両足がちゃんと動くことを確認されたのです。「よかった、よかった」と言いながら「手術は無事に終わりました。腫瘍をきれいに取り除くことができましたよ」と言われて、思わずお父さんと手を合わせて喜びました。

そのあとすぐに主治医に呼ばれて摘出した腫瘍を確認しました。「動脈と静脈もきれいに剥がせて、神経のギリギリのところで腫瘍を全てきれいに取ることができました。大腿骨置換術も成功したので整形外科的には問題なく終わりました。ただ、摘出した腫瘍の中でがん細胞が生き生きと動いていましたから、今後、再発の可能性があります」との術後の説明を受けました。

常に喜びと不安がセットで付きまとうことは、どうしようもない事実であると思い知りました。こんな理不尽なことばかりの闘病生活を、智貴はどう過ごしたらよいというのでしょうか。手術が大成功だったと喜びの中にいる彼に、また次の大きな波が打ち寄せてくるのかと、私たち夫婦の落胆は大きいものでした。でも今は手術の成功に感謝して喜びをともにしようと話しました。先のことは誰にもわからないのだから、そのとき、その一瞬を大切に智貴とともに分かち合おうと決めました。

復学

中学二年生

中学一年生の秋に入院してから一年ぶりに原籍校に復学しました。智貴はもともと卓球をやりたくて私立の中高一貫校に入学し、卓球部の顧問の先生宅で下宿生活をしていました。しかしまだ松葉杖を外せないため、卓球を続けることができなかったので、下宿から自宅に戻り毎日車で四十五分かけて送迎を行うことになりました。

入院生活から自宅に戻り、現実の世界というか普通の生活にリズムを戻すことは私にとってなかなか難しいことでした。私学なので毎日お弁当を作り、お父さんにも一年ぶりの愛妻弁当です。そして家族の朝ごはんの準備をして身支度をして出かけるまでの手順に慣れるのに時間がかかりました。それでも家庭に帰り家族と過ごす生活はやはり楽しい毎日でした。智貴は意外と朝の習慣には早く慣れて、車の中で予習する余裕もありました。余裕ではなく焦りだったかもしれません。一年間の空白ではクラスの雰囲気も変わっただろうし、全く様子の変わった自分への周りからの目も気になっていたことでしょう。勉強も入院中にがんばってきた自負はあっても、やはり追いつかなければと常に焦りはあったと思います。

しかし担任の佐藤先生が卓球部の顧問で、一年生からの持ち上がりだったので安心して復学ができました。院内学級の担任の松本先生とのやり取りもしっかり取り組んでくださったので、入院中でもほとんどの試験を院内学級で受けることができて勉強の進捗状況も確認できました。

智貴は病気になったことは仕方がないと考えていました。入院してからずっと弱音は吐かなかったけれど、ただ一つ、〝走ることができない〟ことを悔しがりました。入院中も「おれは治療が終わって元気になっても走れない。みんなは走れるからいいよ」と言ったことがありました。まだ中学生ですから、みんなとはしゃぎたい思いがあってもついていけない自分が悲しくもどかしかったのだと思います。それでもクラスメイトは智貴を守ろうとしてくれたし、以前と変わりなく接してくれたことが嬉しかったと言っていました。

智貴の復学への強い思いは当時の様子からも伺えました。入院中の男子中学生の間でゲームが流行っていて、夏休みの間はずっと飽きもせずみんなで楽しんでいました。ところが夏休みが終わるとともに、「ゲームはやりつくしたから、もうおしまい」と言うので「もうゲームはしないの?」と聞くと、「もうやらない。勉強する」と言ったのです。そして本当にその日を境にゲームは一切することはありませんでした。院内学級の一年先輩が高校受験の勉強をする姿を見て、みんなとともに勉強をがんばるようになりました。退院後の学校生活のことも意識し始めていたのだと思います。

肺腫瘍

復学後、わずか二か月で命の危険を伴うほどの大きな腫瘍が肺を一気に包んでしまいました。月に一度の外来日に、血液検査の異常がなく安堵して帰る間際に、主治医から「一応、胸部のレントゲンだけ撮って帰りましょう」と言われ、私は嫌な予感がしました。帰宅して部屋でくつろいでいた午後十時過ぎに固定電話が鳴り、お父さんと顔を見合わせながら電話を取ると、やはり主治医からの電話でした。夜遅い時間に連絡があるということは急いでいるのではないかと、瞬時にいろんなことが頭をよぎりました。「智貴君のレントゲンに心臓の周りを覆うように大きな腫瘍と思われる塊が写っていました。すぐに呼吸器外科の先生と相談しましたが、来週手術を予定してもらえましたので入院準備をお願いします」と言われたのです。肺については退院当初は小さいもので呼吸器外科の先生が今後様子を見ていきましょうと言われたものとは違う腫瘍が、一気に出てきたとの説明でした。主治医からは「腫瘍の場所が心臓の近くの肺なので、とても難しい手術になると思います。腫瘍が取りきれても余命は半年、取りきれなければ三か月と考えます」とも言われました。退院してこれからというときにあまりにも短い余命宣告でした。

私にはこのとき、初めて小児病棟に入院したときに転げまわって泣き叫んでいたお母さんの姿が思い浮かびました。あのときの「危ないって言われた」ことの内容は、膝の骨肉腫から肺に転移して肺の半分まで水が溜まっている状態、ということだったそうです。しかしその後の化学療法と手術で肺の腫瘍がカスのようになって、なくなったということでした。私たちも今ここで諦めるわけにはいかないと強く思いました。まずは手術の成功を祈りました。

手術が始まり病棟の食堂で待つ私たちに長い時間が過ぎていきました。気を紛らわせようとお互い話しかけるのですが会話が続かず、二人並んで窓に向かい無言のまま外を眺めて待ちました。肺移植を手掛けるほどの病院だからきっと大丈夫と信じて待ちました。予定時間よりも大幅に遅れて手術が終わったという連絡がありました。急いで集中治療室に向かいました。

手術の担当医から、「難しい位置に腫瘍があったのでかなり時間がかかりました。丁寧に腫瘍を剥がして取り切ることができました。私たちも若い智貴君のために、なんとか取り切りたいという思いでがんばりましたので本当に安心しました」と言ってくださいました。〝腫瘍が取れたんだ！〟という嬉しさで、ただただ「ありがとうございました」としか言えませんでした。まだ麻酔から覚めない智貴の顔を見て、「よくがんばったね、ありがとね」と手を握りしめて涙が溢れました。しばらくすると智貴が麻酔から覚めたので、「無事に終わったよ。よくがんばったね」と言って、私は左の手、お父さんは右の手を取って握手しました。智貴は少し笑ったように見えました。

結局、智貴は中学二年生の後期も二か月だけの登校で、あとは手術と治療のための入院生活が長くなり学校へ登校することができませんでした。

中学三年生

新しい学年が始まると智貴はずいぶん元気になりました。そして、あの大きな手術前の余命宣告を見事に裏切ってくれました。治療を続けながら、九月に両肺の手術も受けましたが医師が驚くほど回復も早く、学校でクラスメイトとともに授業を受けられる楽しさを存分に勉強に向けることができました。思えば中学校へまともに登校できたのは、一年生の前期半年間だけで、三年間を通しても一年三か月しか登校することができませんでした。特に勉強が好きだったわけではないけれど、どんなことでも〝負けたくない〟という内に秘めた根性が、卓球ができなくなった悔しさをバネにして、新たな目標として勉強をがんばりたいという形で智貴に火をつけたのだと思います。また、家から近い普通高校に進学することを希望していたので、ここから高校受験に向かってさらに勉強に拍車をかけていきました。

そんな智貴のもう一つの楽しみは、フィリピンのマニラにある姉妹校への語学研修に参加することでした。しかし治療中であることから、親としてはとてもリスクがあるように感じていたので、行かない方がよいと考えていました。それでもやはり本人は行きたい気持ちがありましたので、岡山大学病院の主治医に意見を求めたところ、「感染予防のための予防接種をしてあるからその点は大丈夫ですよ」とのことでした。また、この頃から地元での治療のためにお世話になっていたのが島根大学病院小児科の金井理恵先生でした。とても気さくな先生で、「私も行ったことがあるけどマニラはいいところだから楽しんできたら」と言ってくださいました。親としては拍子抜けするくらいあっさり言われた先生の言葉で智貴も安心して参加する決心ができたのでした。

主治医がそれぞれ大丈夫と言ってくださったのは安心材料ではありましたが、全行程六日間の長旅です。慣れない海外で荷物を持っての移動やホームステイ先での生活環境など心配事は山ほどありました。それでも担任の佐藤先生が、「僕が全てサポートします。ホームステイ先にも同行して危険のないように注意しますので、智貴君を行かせてあげてもらえませんか」と言ってくださいました。まだ若い先生で三年間通しての担任でもあったので智貴の信頼は厚く、先生の智貴を連れて行ってあげたいという気持ちがとてもよく伝わってきましたし、その先生の思いがとても嬉しかったので安心してお願いすることにしました。

そして、フィリピン研修を無事に終えて帰ることができました。ホームステイ先のホストファミリーはとても親切で明るい家族だったそうです。いろいろなところへ連れて行ってもらえた中で、特に、カルデラ湖に浮かぶ世界で一番小さな活火山のタール火山と思われる景色がとてもきれいで一番印象に残ったようでした。フィリピンは良いところなので、また機会があったら行きたいと言っていました。これからも、もっともっと世界を見てほしいと願ったものです。

メイク・ア・ウィッシュ　オブ　ジャパン

院内学級の松本先生から、「こんな素敵な夢をかなえてくれるメイク・ア・ウィッシュの活動があることをご存じですか？」と言って、メイク・ア・ウィッシュ　オブ　ジャパンのパンフレットを見せてもらいました。

メイク・ア・ウィッシュは一九八〇年にアメリカで発足し、現在は日本をはじめ世界に四十二か国に支部があり、難病と闘っている子どもたちの夢を叶え、生きる力や病気と闘う勇気を持ってもらいたいと願い、活動をされているボランティア団体でした。

松本先生から、智貴君は対象条件に該当すると思うので、何かお願いをしてみたらどうかとの提案をしてくださいました。主治医に相談してみると、たくさんの子どもたちが夢を叶えてもらっているので、智貴君もお願いしたらいいのではないかとのことで、智貴に話をしてみました。〝何か叶えてもらいたい夢はないか〟と急に言われてもピンとこない様子でした。いろいろ調べてみると、三歳から十八歳までの子どもたちが対象で、病状によって様々な夢の形があることがわかりました。小さい子どもは好きなキャラクターに会いたいとか、おもちゃが欲しいとか、可愛らしい願いがたくさんありました。少し大きくなると、打ち上げ花火が見たい、海外に行きたいというものまで願いは様々です。はじめは、卓球の選手に会いたいと言っていましたが、有名選手やアイドルなどは難しいとのことでした。そこで小さい頃から毎年のように行っていた〝テーマパークのホテルに泊まりたい〟という夢にすることになりました。現実を忘れてどっぷり夢の国で遊びたいという理由でした。

しかし、治療をして、学校に通いながらの日程調整は、体調との相談もあってなかなか進みませんでした。本当に行けるのかなと少し諦めているときもありましたが、主治医の意見と学校行事の合間で、「もうここしかない」というタイミングで二泊三日の旅行が中学三年生の秋に実現しました。

出発の出雲空港からすでにボランティアの方が出迎えてくださって、出発を見送ってくださいました。そして、羽田空港到着からは二泊三日の全行程を現地のボランティアさんが毎日交代でサポートしてくださいました。写真を撮ったり、荷物を持ったり、飲み物を調達してくださったりと、本当に細やかにお世話をしてくださいました。現地ではメイク・ア・ウィッシュの子どもたちの情報が関係するスタッフにも共有されていて、笑顔で声掛けしてくださり、アトラクションは待ち時間なしで乗車ができて、申し訳ないくらいVIPな待遇にちょっと戸惑いながらも智貴の笑顔は満開でした。

自分用のお土産に、一番大きいぬいぐるみを買いました。ずっと、我が家の台所のソファーで智貴の隣に座っていました。今は、居間の専用の椅子に座って私たちを癒してくれています。

そして体調を崩すこともなく無事に全行程を終えて帰路につきました。空港に到着すると夢の世界から現実に引き戻され、「帰ったねー」と残念なような安堵するような笑顔の智貴でした。ふと降りる準備をしていると、乗務員の一人が声を掛けてきました。「日下智貴君ですね。機長からお話があります」と言って、コックピットに案内されました。そこで機長は「本日は日本航空をご利用くださいましてありがとうございました。夢の国の旅はいかがでしたか？　またいつか、ぜひ日本航空の翼で世界を旅してくださいね」と言って握手してくださり、機長さんの帽子をかぶせてもらいスタッフみんなで一緒に写真を撮りました。そして「これは、スタッフ一同からの手紙です。これからもがんばってくださいね。でも、今ここでコックピットに入ったことは内緒だよ」と言って、にっこり笑って見送ってくださいました。

思わぬサプライズに智貴は車中で、「コックピットなんて普通なら入れんでしょ？　機械がいっぱいあって操縦が難しそうだけど、パイロットってかっこいいよね」と、とても興奮気味に話しました。ここまで情報が共有されていることに驚きました。手紙には同乗されたスタッフからの励ましの言葉がそれぞれ短く書かれていました。この機長さんの行動がメイク・ア・ウィッシュからの依頼だったのかどうかはわかりませんが、このような貴重な体験をさせてくださった勇気に感謝の思いでいっぱいでした。

密かな恋？

中学三年生の十二月。私学の高校入試も期末テストも終わり、フィリピン研修を楽しみにしていた頃でした。休日前の夜に、「明日は卓球部の先輩たちとショッピングセンターで待ち合わせだけん連れて行ってね」と急に言い出しました。当日は、お父さんも一緒に出掛けることができました。待ち合わせだという場所に着くや否や、そそくさと車から降りて「早く帰って」と言うので〝何で？〟と思いましたが、思春期の男子は親と一緒にいるところを見られたくないものらしいので、「私たちも久しぶりに先輩たちに会いたかったよね」などとお父さんと愚痴を言いながら早々にその場を離れました。

迎えの連絡があり送った場所に着くと、後ろを気にしながら車に乗り込みました。「早く出て」と、普段とはあきらかに様子が違うので、〝これが本来の中学生男子の態度なのかもしれない〟と理解して、またまた早々に車を走らせました。

学校の休校日の出来事でした。後にも先にもこの一日だけが特別な日でした。その後はこんな待ち合わせはなかったと記憶しています。しかし、この一日が智貴にとっては素敵な時間だったと思えることがありました。亡くなってから少しずつ智貴の身の回りの物を眺めるように整理していると、勉強机の中に封筒に入ったプリクラの写真が入っていました。私は見つけるなり、〝えっ？　なにこれ？　いつのこと？〟、病気になってからは、ほぼ毎日、一緒に行動していたのに全く見当がつかなかったのです。しかも女の子と二人で写された写真。とってもきれいで可愛い子。智貴がとてもニコニコして楽しそうに、でも照れたように写された写真。私もお父さんも顔を見合わせて思わず笑顔がこぼれました。どうしても一緒に写っている子が誰なのかを知りたくて、当時の同級生にそっと聞いてみると、中学時代の同級生ということがわかりました。まさに、ショッピングセンターで待ち合わせていたのは卓球部の先輩たちではなく、この子だったのだとすぐに思いつきました。あのときのぶっきらぼうな態度は、嘘をついたことと、女の子と会うという照れからだったのだと思いました。着ていた洋服にも記憶がありました。こんなことならもっとかっこいい服を着て行けばよかったのにと残念に思いました。恋もできたんだな、と考えると嬉しくて泣けました。そして会ったこともない女の子への感謝でいっぱいになりました。ちゃんと青春していたんだと思うと、どこまでも普通の中学生として過ごし、みんなと関わりながら、生きていることを実感していたのではないかと思いました。

高校生になってからのことですが、大学をどこに行きたいかという話をしているときに、「おれは、大学生になったら結婚したいわ」と言ったことがありました。「いいんじゃない。でもそんな相手が見つかったらいいけどね」と茶化した私でしたが、そんなふうにいつも先を考えて、それを達成するために今を大切に生きる智貴が誇りでした。智貴の思いは、大学生になったら自立したいという気持ちがあったと思います。未来を考え親元を離れるという選択は智貴の成長を感じられ、私たち夫婦にとって嬉しく、そして頼もしく思えました。

税に関する作文コンクール

国税庁と全国納税貯蓄組合連合会主催で、毎年秋に全国の中学生を対象として〝中学生の「税についての作文」〟の作品募集があり、智貴の作文も学校から応募されていたようでした。二月のあるとき、友だちからメールが届いて智貴の作品が入賞作品として商業施設で掲示されているとのことでした。家では学校で書いた作文の話など聞くこともなくて、本人も興味なさそうに「見に行くほどのことじゃないよ」と言うので、そのままその話は忘れていたのでした。しかし作文で賞を取ることは今までになかったことなのでたくさん褒めてあげました。

後から広島国税局発行の作品集をもらい、はじめて智貴の作文を読むことができました。それまでは、原稿用紙一枚を書くこともままならないイメージだったのに、ましてや税金についての作文など書けるのかと疑いましたが、しっかり身近なことを題材にして書かれていたことに驚きました。いつの間にこんなに成長していたのだろうと、病気になったからこそ気づけたこと、たくさんの人に支えられていることをしっかり理解して受け止めて感謝できているからこそ書けた作文だと思いました。

ぼくは、税金について思っていることを書きたいと思います。

一つ目は、去年の東日本大震災があり東北の多くの人々が大変な思いをしている中で同じ日本に住む人間としてできる一つの方法が税金を納めることだと思います。震災から約一年半が過ぎているのにガレキが残っていたり、仮設住宅で暮らしている人々がいます。とくに放射性物質の問題は深刻だと思います。これでは、まだまだ復興したとは言えません。復興するためにはお金が不可欠です。だから、税金を五パーセントから十パーセントに引き上げるのはしょうがないと思うし、このお金が少しでも東北の復興のために使われるのなら損だとは思いません。自分のことばかりを考えずに、何か人のためにできることはないかと税金に限らずに思うことがよりよい社会につながると思います。

二つ目は、医療費についてです。ぼくは、ちょっと前に一か月くらい入院していました。薬があり、病院食があったりで医療費は高いイメージがあったけどそうではありませんでした。これは税金のおかげだと気づきました。納税の義務がなかったらと思うと、とても大変だなと思いました。税金があるおかげで、たくさんの命が救われていることを知りました。

三つ目は、他の国に比べて日本の税率は低いです。ほかの国に目を向けると二十パーセント以上の国もあります。今の日本では考えられないほど高い税率だと思います。ぼくも聞いたときは高すぎて生活していけるのかなと思いました。でも税率が高いと悪いイメージしかないけど、そうではありません。高いかわりに高水準の社会福祉が整備されています。二十パーセントにいかなくても税率を上げることによって大学までの学費が無料になったり、医療費が無料になったりするかもしれません。国民全員が平等に受けられて必要なところだけに税金が使われるような仕組みが大事だと思います。

ぼくたち学生は、いろいろなところで税金によって支えられています。あらためて感謝をすることは大切だと思いました。社会人になったら、ぼくたちは支える側になります。支えてもらった分、しっかり義務をはたし、人のことを思いやることのできる社会人になりたいと思いました。

私立松徳学院中学校
三年　日下　智貴

高校受験に挑む

中高一貫校に通学していたものの、家から近い普通高校への進学を希望していました。初めは母である私の母校を希望していましたが、お父さんの母校がより家に近かったこともあり希望高校に決めました。そして智貴の曽祖父、祖父、父が三代続けてこの高校の卒業生だったことを知り、やはり自分も続いていくしかないと、そんなふうになっていたのではないかと感慨深くしていました。できることならば電動自転車に乗って一人で通学したいという希望もありました。いつまでも親の送迎ではカッコ悪いと思っていたのでしょう。そんな高校生活に希望を託して、お正月明けから受験勉強を本格的にがんばり始めました。とはいえ、一月中旬には化学療法のため一週間の入院、二月中旬には片肺の腫瘍摘出術のため十日間の入院を余儀なくされました。退院したのは二月二十二日で高校受験は三月六日です。この過密な治療スケジュールを見て金井先生は、「せっかく中高一貫校に通っているのだから、無理して受験しなくてもいいのではないかな?」と、高校受験を応援しながらも智貴の体を心配してくださいました。とにかく睡眠時間を削っての勉強はしないようにして、気分がすぐれないときはさっと切り替えて休息を取ることなど、受験に向けてアドバイスをくださいました。体調管理ができなければ受験を乗り越えることはとても難しいことでしたので、金井先生のフォローに感謝でした。

智貴は小学生の頃から自分の勉強部屋があるにもかかわらず、私が料理をしている台所のテーブルで勉強をしていました。一人で部屋に籠っての勉強よりも不思議とはかどるようなのでした。入院中にも院内学級でみんなと勉強していたこともあってか、誰かが傍にいてくれる方が安心できるのだと思いました。そこでこれまでも何度か勉強を見てもらった従姉の大学生に、休日の家庭教師をお願いして受験勉強のサポートをしてもらいました。勉強を教えるというよりも、精神的な安心を与えてくれる存在でしたから、勉強半分、おしゃべり半分で受験前のストレスや不安を和らげてもらえました。

そして受験勉強をするようなしないような日々が過ぎたものの、無事に受験当日を迎えることになりました。前日にそれぞれの高校での集合場所や注意事項の説明がありましたが、智貴が受験する高校の受験者は一名だったので付き添いの先生は来ないとのことで、佐藤先生からがんばるようにと励ましを受けたのだそうです。

当日の朝、持ち物チェックをして大事な受験票は251番です。しっかり帽子もかぶって、「そろそろ行こうかな」と言うので、お父さんと固く無言の握手をしてガッツポーズを見せて、祖母たちに見送られながら車で出発しました。到着するまで十分ほど。「お母さん、迎えに来るときは『ワンピース』の六十九巻を買って持ってきてね。おれは、最後の科目が終わったら弾けるよ」と言って笑いました。私は、「まず教室に入ったら周りを見渡して、ゆっくり深呼吸をして気持ちを落ち着けるんだよ。みんな一緒だから焦らず自信を持ってがんばってね。ちゃんと『ワンピース』を買って待ってるからね」と言ってガッツポーズをして送り出しました。

受験会場の高校に到着すると、すでにいろいろな制服の受験生たちが集まりはじめていました。やはり先生に引率されて集合している子たちは、友だちとわいわいがやがや悲喜こもごもの表情です。中には智貴と同じなのか一人でじっとしている子もいました。智貴が、「どうしようかな。出ようかな。どこに行ったらいいかな」と不安そうに様子を窺っていると、何かの案内をする声が聞こえてきて、受験生が一定方向に流れ始めました。その途端顔つきが変わり、「じゃあ、行ってくる」と言って車を降りました。私を振り返ることもなく、ひとり昇降口に向かう智貴の姿はたくましく、その姿を見送って涙が溢れたことは忘れられません。風がとても強い日でした。リュックを背負い、手提げかばんを持ちながら松葉杖で受験生の中に紛れていく背中に〝きっと、大丈夫だよ〟とエールを送りました。

午後の試験終了時間よりも少し早めに迎えに行き、目立たないけれどよくわかる場所に駐車しました。近くのコンビニで『ワンピース』の新刊六十九巻を忘れず買い込んで行きました。

昇降口の方からわいわいがやがやと受験生たちが出てくるのが見え始めました。みんな解放感に浸った良い笑顔が印象的です。ひとつずつ壁を超えていくための努力は、その結果がどうであれ決して無駄にはならないはずで、これからもチャレンジしていくための力になってくれると信じます。だからみんなこれからも目標を持ってがんばって、などと思いを巡らせていると、智貴の姿が見えました。ちょっとうつむき加減なのにちゃんと車へ向かって歩いてきました。ドカッと車に乗り込むや否や「『ワンピース』は?」と言うので

「買ってきましたよ。はい、どうぞ」と差し出すと、「お母さん、落ちたと思うわ。わからんだったよー」と泣き笑いの顔をしながら、すでに本を開いて読み始めていました。「とりあえず終わったね、お疲れ様。よくがんばりました」と言うと、笑顔の智貴に私もホッとできました。本当によくがんばりました。あとは天にお任せするだけです。

智貴の受験当日のフェイスブックへの投稿がありました。

【今日をもって受験生終了~! あとは遊ぶだけ(>_<) これからは遊びに全力をそそぎます(笑) 応援してくれた方々ありがとうございました(>.<)】

受験のために一生懸命がんばったのは智貴自身ではありますが、支えてくださった方々があったからこそであり、それに対してきちんとお礼の言葉を発信していたことに安心しました。

卒業式

三月十三日卒業式。名前を呼ばれると、智貴は帽子と松葉杖の姿で少し緊張の面持ちで歩みを進め、卒業証書を受け取りました。お父さんがその姿をビデオで追っていきます。

大好きな卓球をがんばりたくて進んだ私学の中高一貫校でした。しかしながらわずか半年で入院することになり、その後の二年半は、勉強と治療を両立させながら高校受験という目標に向かってがんばりました。智貴は三年間は早かったと言っていましたが、確かに登校できたのは一年ちょっとでしたから当然です。しかし私にとっては長い三年間でした。手帳の三年間をめくっていくと毎日のように喜怒哀楽が繰り返されていて、わずか三年の間に普通では経験しようのないたくさんの出来事や出会いがありました。このことが智貴の人間性を大きく成長させていったと感じています。

智貴の卒業式当日のフェイスブックへの投稿です。

【今日は卒業式でした！　三年間めっちゃ短かった気がする……先生が泣いてたからもらい泣きしそうだった(▽_△)　周り号泣（笑）　出会いの大切さをあらためて感じました！これからもいい出会いがあるといいなぁ】

智貴が人と関わっていることが生きている証と思うべく、人との出会いが宝物であることを感じていたことがよくわかりました。

高校入試合格発表

卒業後の三月十八日月曜日が、高校入試の合格発表の日でした。前日から家族みんなが〝どうかな、どうかな〟と心配しつつも口には出さず、当日の朝を迎えました。天にお任せした結果がどうであれ、受験に向かって努力したことを褒めてあげたいと思いました。十時から高校にて合格者の掲示があるので、「十時から高校まで見に行くの？」と聞くと、「落ちてるから見に行かない」と言います。「じゃあ、ネットでの合格発表は十時半からだからそれで確認だね」「見るの？　やだなぁ」とグズグズしているので私はさっさとパソコンを用意して時間が来るのを待ちました。おばあちゃんが「智ちゃんは合格してるから、大丈夫、大丈夫」と景気づけをしてくれますが、「落ちとるけん、何にも言わんで！」と少々落ち込んでいる様子でした。待つ時間は本当に長く感じました。十時半ぴったりにパソコンをクリックして合格者名簿をスクロールしていきます。私の心臓はバクバクするし、手に汗を握りながら〝251番来い！〟と願いつつ、さらにスクロールしていくと〝251番あった！〟。見間違えないように再度〝251番、よし！〟、と同時に「あったよ、合格してたよ！」と叫びました。智貴も慌ててやってきて、「本当だ、あった。よかったー！」と安堵の笑顔が弾けました。もう私は床に座り込んで嬉し涙が止まりませんでした。「おめでとう、ほんとにおめでとう。よかったね」「ありがとう。お母さん泣いてるの？」と顔を覗き込んで笑いました。「お父さんに電話するね」と言って、本当に嬉しくてたまらない様子で、いつになく弾んだ声で報告をしていました。

合格したとなれば、やはり自分の目で掲示板を確認するべきだと思っていたので、「今から高校に合格発表を見に行こうよ」と智貴を促しました。「合格を確認したら、佐藤先生たちに直接合格の報告に行きたい」と言うので、二人してはりきって出かけました。
すでに誰もいなくなった高校の合格者の掲示板の前で、思う存分合格をかみしめる姿は、すでに新しい高校生活への希望で溢れているように感じました。思い切り満面の笑みで写真に納まりました。

智貴の高校入試合格発表当日のフェイスブックへの投稿です。

【合格してました(^_^)v　よかった〜!　高校一緒の人よろしくです(^○^)／】

高校の入学式

高校の合格発表から十日後に、二月とは反対側の肺の手術が決まっていました。その十日の間に、ユニバーサルスタジオジャパンへ従姉妹たちと卒業旅行に出掛け、解放的な気分でとても楽しい時間を過ごせました。高校のオリエンテーションでは課題がどっさり出たので気分が沈みそうでしたが、それ以上に高校生活への希望に溢れ明るい気持ちで向き合っていたと感じています。

そして三月二十八日に入院して手術を受け、四月四日には退院できました。担当医は、「若いこともあって智貴君は本当に回復が早いです。もう、腫瘍がでないといいですね」と話してくださいました。なんとかこのまま治癒してほしいと願う思いを口に出す医師はそう多くはないように思います。すでに三度の手術でお世話になっているので先生たちも気にかけてくださったのでしょう。

退院後、四月九日の入学式までわずか四日間しかありません。それでも手術の三日後には課題勉強に取り組み始めました。

学校の勉強は何もしてあげられないので、常にもどかしい思いで見守るしかありません。入院中はベッドサイドテーブルに向かって黙々とシャープペンシルを走らせます。

私は、真剣に取り組む智貴の横顔を見ているのが好きでした。術後の痛みが残るときも、化学療法で気分がすぐれないときも、できる範囲のことからやっていくのが智貴流でした。お父さんは〝勉強によって命を削っている〟と言ったことがありました。応援しつつもそう言わせてしまうほど、智貴は常に全てに全力投球でがんばっていました。それを可能にしていたのは、お父さんの常に「いいよ」という一言だったと思います。智貴は勉強も治療もがんばるけれど、遊びもおしゃれも旅行も大好きでしたから、やりたいことがあればできる限りのことをさせてあげたいというお父さんの思いがありました。〝智貴の喜ぶ顔が見たい〟と、ただそれだけを思い仕事をがんばってくれていました。

退院後、さっそく新しい制服を取りに行きました。詰襟の学生服を見て「この制服は似合わないと思うけど……」と言います。中学のときはブレザーにネクタイだったのでかっこいい制服だと言っていました。さらにまだ帽子をかぶっていたので余計に嫌そうでした。「学生服はよく似合っていると思うよ。それに帽子はもうやめてもいいんじゃないかな」と思い切って言ってみました。治療を継続しているのでなかなか髪が長くなるところまでいかないのが現状でした。「だって、野球部の人だったらそのくらいの坊主頭だよ」と付け加えてみました。新しいクラスメイトになるのだから、ちょうどいいタイミングだと思ったのです。「そうかなぁ。いいかなぁ」と鏡を見ながら迷っていました。

入学式の四月九日はとても良いお天気でした。智貴は新しい制服で帽子をかぶらない姿で出てきました。お父さんから「おー！　かっこいいぞ。高校生らしく見えるよ」と言われて嬉しそうな笑顔です。お父さんは、高校の入学式だから二人で行かなくてもいいのではないかと言って仕事に行きました。確かに、ほとんどが保護者は一人だったように思います。もう、高校生だから当たり前のことなのかもしれません。でもお父さんは、本当は息子の晴れの姿を見たかったと思います。私たち家族にとっては特別な出来事でしたから。それでも智貴のことを考えて、あえて行かないことにしたのだと思います。とてもお父さんらしい選択です。

いよいよ高校生活の始まりです。新しい制服で新しいクラスメイト、友だち、小学校のときの同級生もいます。担任はベテランの男の先生でした。ホームルームでいろんな話をされた中で、「大学進学を目指すときに、初めから推薦など考えないでほしい。試験を受けて自分の手で合格をつかみ取るのだ。それだけで人生は大きく変わる」というようなことを話されたのが印象に残りました。初めから楽な道を選ばず、しっかり自分と向き合って挑戦することが大事だということを言われたのだと思いました。それは厳しい言葉であるとも思いましたが、例えば病気で闘病中であれば楽な逃げ道などありはしません。自身の未来を切り開くための挑戦、その一歩を踏み出す勇気や努力は生きている限り必要なことではないかと思わずにはいられませんでした。

病気になってから智貴が特に興味を持ちはじめたのは、山中伸弥先生と天野篤先生でした。お二人とも二〇一二年に、山中先生はノーベル医学・生理学賞を受賞され、天野先生は当時の天皇陛下の心臓手術を執刀されたことで有名でした。

山中先生については、「整形外科の医師としては不向きだったんでしょう。だけど自分のことをよく考えて自分に合った道を選ぶことができたからノーベル賞がもらえたんだね」と言って、医者になるだけでも大変なのに、そこから次のステップに変わって成功したことが尊敬する理由でした。岡山大学病院に入院しているときに、山中先生の研究に参加しているという知人の息子さんに出会いました。病気の解明と創薬に関する研究のようでした。智貴は、「早く完成するといいのにね」と言っていました。身近にそんなすごい研究に参加している人がいることがわかり、岡山大学に興味を持つきっかけとなり、そして自分も治療薬を作る研究に参加したいという思いが湧いてきたようでした。

天野先生については、「あの天皇陛下の手術だよ。すごい緊張するでしょ。おれだったら絶対無理。すごい人だよね」と尊敬のまなざしでした。その後テレビで天野先生は大学受験で三浪されたことを知るとさらに興味が湧いたようで、「天皇陛下の手術を成功させるような医者でも三浪するんだね。なんだか安心するなぁ」と自分のこれからの大学受験に向けて思いを巡らせているようでした。

この時点では、二人の先生の印象は大きいものがあり、自分の病気のこともあってなのか、医療に関わることに進みたいと思うようになっていったのは確かでした。このように智貴は常に自分の感動したことや、がんばっている人たちの姿を素直に自分の中に受け入れ、認めることで自身への糧として自らも歩みを進めていったと感じます。

高校生活

一年五組のT君

雨の日には智貴のことをよく思い出します。松葉杖だと傘が持てないから心配になったものです。高校一年生の冬のこと。学校の教室移動のときに三階の渡り廊下に雪が積もっていて滑りそうになったと聞いて、少数派の障がい者に対する学校の環境整備が難しいという現状を知りました。それでも入学当初から仲良くなったT君がいつも支えてくれると聞いていたので安心でした。

T君は一年生のときからのクラスメイトでした。入学後の自己紹介で智貴が、「このとおり松葉杖を使っているので助けてください」との内容を話したそうです。T君はそのことが気になって智貴に話しかけてみたら、とても気さくな様子にすぐに仲良くなったとのことでした。教室移動ではT君が教科書を持ってくれて、健常者は使えないエレベーターには何人かの仲間が便乗して、先生に見つかって叱られながらもそのスリルを楽しんでいた様子を聞いてほほえましく、ありがたく感じたものです。

T君は高校まで一時間かけての自転車通学をしているので、放課後のテニス部で活動して帰宅してからの勉強は大変で、往復二時間の通学を考えるとサイクリング部なのではないかと思うことがあると、保護者懇談会でのお母さんの発言は笑いを誘いました。確かに雨の日も雪の日も風の日も自転車通学は大変なことです。T君が一度、迎えの車に乗り込む智貴に向かって「たまには歩いて帰れよ」と言ったことがありました。もちろんそんなことができないのはわかっているけれど、あえて投げかけられた言葉に智貴は知らん顔でした。でもその言葉の裏に「早くそうなるといいね」という意味が込められていることを智貴はわかっていました。数学が得意でさりげなく応援をしてくれるT君をいつも尊敬していました。

一年五組になって一人一人自己紹介をしたときに、日下は「このとおり松葉杖を使っているので助けてください」と言ったのが印象的でした。気になっていて話してみると気さくなやつですぐに仲よくなりました。

休けい時間も他愛もないことを話して、移動教室のときはいつも私が日下の教科書をもって、一緒に行動していました。昼休みのときは「べんとうが小さいなあ、もっと食わないと」と言っていたのですが今になってみると、なんてデリカシーのない発言だったのかと後悔しています。

クラスの皆とも仲がよくて、いじられたりするのをよく見ました。けっして悪い意味ではなく、じゃれている感じで、よくわらっていたのを覚えています。

授業はいつも集中して聞いていて、どんな教科もテストの点はよかったのですが、数学は苦手だったらしいです。他の教科ではほとんど点が低かった私ですが、数学だけはよくできたので、授業が終わって日下のところに行くと、「T、ここわからん」とよく聞いてきました。私は英語が苦手だったので、テストのときはいつも、「T、数学の解き方テレパシーで教えてよー」「お前が英語の答えをテレパシーで送ってきたらな」というやりとりが定番になっていました。

二年生になって、クラス替えで昨年につづき、日下と同じ早進度クラスになりました。一年五組から入った男子は私たち二人、しかもどちらも他クラスの友人は少なく、最初は二人でばかり行動していましたが、しだいに友人も増えていきました。

日下も私も物理をとっていたのですが、物理教室までエレベーターを使って行くのを私も使っていると先生にみつかりおこられてしまいました。それでも日下は、見つからなければいいから一緒に乗ろうと言って、無理やりエレベーターにのって、移動していました。

遠足で一緒に水ぞくかんをみてまわりました。たった一年と少しの付き合いでしたがとても仲のよい友人でした。

二年五組　T

文武両道

文武両道を掲げる高校に入ったのだから、もう一度卓球に関わってみたいとの思いで智貴は卓球部に入部しました。病院のリハビリ室では片松葉杖で卓球をすることもあったので、せっかくだからやりたいようにしたらいいと思い特に反対はしませんでした。久しぶりに袖を通した練習着やタオルに汗の匂いが沁みていて、汗をかくほど卓球ができるならば本当に楽しんでできているのだと思い、私にとっても嬉しく懐かしい気持ちで洗濯ができました。もちろん選手としての出場などできませんが、高校総体県予選などの応援にも同行して声援を送っていました。

しかし、やはり選手として出場できないもどかしさや悔しさが垣間見えるようになり、部活動において楽しむだけの卓球では矛盾を感じるようになっていました。自由に動けた頃の自分ではないことがまざまざと見せつけられ、今は卓球をするときではないと判断したようです。始めたばかりの部活動を諦めるという不本意な思いはありましたが、部活動を辞めると決めたのです。智貴の中では自分にとっての部活動は治療なんだと言い聞かせて、また卓球に関わることができるときを楽しみにしておこうと考えたようでした。

障がい者として

二〇一三年九月七日に東京オリンピック・パラリンピックの開催が決まりました。「お・も・て・な・し」の言葉が印象に残る日本のプレゼンテーションでしたが、智貴がひときわ心を動かされたのは、パラリンピック選手の佐藤真海選手のプレゼンでした。大学在学中に智貴と同じ骨肉腫を発症し、足を切断するという治療を乗り越えて、オリンピアンとして活躍されていることにも驚いていましたが、何よりその流暢な英語のスピーチと笑顔に引き込まれたのでした。この佐藤真海選手を知ったことによって智貴の障がい者としての意識が変わっていきました。「自分は足が不自由になっただけで、中身は一ミリも変わっていない。だから障がい者と言っても健常者とは何も変わるところはない。なんの差別も必要ない。互いの苦手なところを補い合えばいいだけのこと」。そう言って、参加できない体育の授業もきちんと体操服に着替えて見学することで〝参加している〟と自負していたのだと思いました。

そして大好きだった卓球にもパラ卓球があり、岡選手を通して現実のものとして身近に思えるようになって、将来また卓球ができることに希望を見出していました。そんな未来を思うとき、智貴は東京オリンピック・パラリンピックに何かの形で参加したい気持ちになっていきました。でも二〇二〇年は大学を卒業して就職をする年になるので無理かなと言うので、「ボランティアとして参加できるんじゃない？」と提案してみました。せっかく日本で行われるオリンピックなのだから参加しない手はないと私も思ったのです。たとえ就職が一年遅れたとしても構わない、それよりも人生の貴重な体験になると思ったのでした。提案が功を奏して、ボランティアとして働くためには英語ができないとだめだと言って、英語の勉強に力を入れていったことを懐かしく思い出します。

高校一年生の夏休み

高校生活の一学期を無事に修了したものの、口の中に腫瘍ができたため夏休みに放射線治療を行うことになり、八月いっぱいかけて岡山大学病院の小児科に入院となりました。化学療法とは違って一日一回一瞬の放射線照射なので気持ちは楽だったようです。ただ、放射線は目的以外の箇所にも悪影響を与えるので、回数を重ねていくうちに頬は赤く軽いやけどのようになり、口の中は口内炎だらけになりました。幸い食べることはできて出血も少なかったので、痛みはありましたが夏休みの課題にも毎日取り組むことができました。患者仲間もおられ一緒に遊ぶこともできたし、ボランティア先生の三好さんも学習支援活動をされていたので勉強や進路などについて相談できて比較的穏やかな入院生活でした。

夏休みの宿題は読書感想文もありました。何を読んで書くのかなと思っていたところ、当時、テレビ番組によく出演されていた百田尚樹さんに興味を持ち、著書が映画化されることになっていた『永遠のゼロ』を読み、それを書くことにしたようでした。自分の気になった箇所に付箋を貼りながら読み進められていました。映画では主人公をV6の岡田准一さんが演じるとのことで、好きな俳優さんだったので楽しく読めたと言っていました。

私の父が戦地で飛行機の整備兵をしていたことを思い出して、父の手記を智貴に資料として提供すると、とても感動してくれて「おじいさんに直接会って話が聞きたかったな」と残念そうでしたが、しっかり感想文の中に書き込まれてあり、他界した父も喜んでくれているだろうと感慨深く思いました。

この感想文が学校代表作品の一つとして選出され、県の読書感想文コンクールに提出されたと聞いてびっくりしました。この本を通して戦争で奪われた尊い命について、今を生きる人の命は一人ひとりによって輝くものとなっていることに、その大切さを考える時間となったのではないかと思わずにはいられませんでした。

戦争について思うこと

一年五組　日下　智貴

この夏で終戦から六十八年目になる。自分の中では戦争というのは遠い昔のような感じがしていた。なぜなら、この平和な日本が火の海になり、焼け野原になっている光景はとても想像できないからだ。平成生まれの僕にとってはなおさらだ。

テレビで零戦についての特集番組があり、この本について紹介されていた。興味をもって読み進めて行く中で、印象に残ったエピソードがいくつかある。

一つ目は長谷川の話。健太郎の本当の祖父である宮部は臆病者でいつも自分の命を惜しんでいた。健太郎の姉はそれを聞き、「命が大切というのは自然な感情だと思います」と言い返した。僕もそのとおりだと思った。しかし、当時は違った。日本という国が滅ぶかもしれない中で、自分の命に執着してはいけない。たとえ命を失っても、国が存続するのなら本望。そういう時代だった。あらためて僕は打ちのめされ、一方で本当に誰もがそう思って生きていたのか疑問に思った。今、当時と同じように日本が危機に直面したならば、僕は国より自分や大切な人の命を尊重すると思う。また、そのような行動が「非」であるとは誰も言えないだろう。しかし、当時は「非国民」とののしられ、さげすまれたことだろう。自分の命を投げ出すことに疑問を感じていても、他に選択肢はなかったのだろう。

二つ目は伊藤の話。真珠湾攻撃。当時の日本で大成功をおさめたとされた作戦。しかし、出撃した飛行機のうち、二十機が帰ってこなかった。攻撃され、墜落したのか。

いや、ちがう。「帰ることができないと判断したら、敵に体当たりせよ」という命令を遂行したのだ。いわゆる特攻隊とは違う。戦いの中での決断なのだ。これが日本人であると僕は想像できない。戦争はかくも残酷な状況を作り出してしまうものなのか。しかし、アメリカはこのような残酷な命令を下さなかった。海に墜落した仲間を助け、人の命を大切にした。もし、日本だけがこうだったのであれば、日本は負けるべくして負けたのだ、という気がする。伊藤は言う。「そのときに亡くなった搭乗員の身内にとっては、大勝利の喜びよりも、家族が亡くなった悲しみの方がはるかに大きかった」。この言葉は僕の胸にひときわ響いた。

三つ目は大西の話。生きて帰ると言った宮部は特攻で死んだ。このときすでに終戦間近。日本は追い詰められとても苦しい状況だった。出撃できる兵士は次々と命を落とし、ついには年長の宮部ですら特攻隊員にならざるを得なかった。しかし、宮部は実は生還できるはずだった。自分が本来乗るはずだった飛行機ではなく、他人の飛行機に乗ったのだ。健太郎は記録をたどり、本来宮部が乗るはずだった飛行機に乗った人を探し、それが祖父であることを知った。エンジントラブルで不時着し、九死に一生を得た祖父は機内に隠されていた手紙を目にした。「もしこの戦争を運良く生き残ったらお願いがあります。私の家族が路頭に迷い、苦しんでいたなら助けてほしい」

と。宮部は最後まで家族を愛し、案じていたのだ。その遺志を継いで祖父は健太郎の祖父となったのだ。宮部は自分の飛行機がエンジントラブルを起こすことを知っていた。この「当たりくじ」を自分のものにすれば、家族のもとに帰れたのに、以前、訓練中に助けられたことの恩返しとして、飛行機を健太郎の祖父のものと取り替えたのだ。

僕の祖父も戦争を経験した。志願して海軍に入隊したそうだ。詳しい話はわからないが、佐伯海軍航空隊に配属され、水上偵察機の整備兵として従軍し、特攻隊を見送ったと聞いている。搭乗員だけではない。整備兵も大変な思いをしたはずだ。特攻隊の爆弾は機体から切り離せないようになっている。そのように整備しなければならない苦痛はどれほどのものだったのか。祖父の話を直接聞きたかったと切に思う。

今僕たちは平和な日本に暮らしている。この平穏で当たり前の日々はたくさんの尊い命の上に成り立っているのだ。だから今を大切に一生懸命に生きて誰かのために役に立てる人にならなければならないと思う。そして二度と戦争という過ちをくり返してはならない。それが僕たちの使命だ。

致命傷

夏休み明けからも月に一度の頻度で治療を続けながら定期試験や模試をこなし、平穏に学校生活を送れる日々が続いていました。夏休みに放射線治療を行った口腔内腫瘍もいつの間にか消えてなくなって、金井先生も驚きながらも一緒に喜んでくださいました。どうかこのまま穏やかに治療を続けながらいつしか病魔が消えてくれたらと願いました。

喜びと悲しみが常にセットであったことを思い出す連絡が入ったのは十月中旬のことでした。肺腫瘍を診てくださっている岡山大学病院のY先生から電話があり、先日の検査で肺腫瘍が大きくなっていたので来月初めに手術をした方がよいとの内容でした。Y先生は両肺の手術をそれぞれ三回もしていることは心配ではあるが、まだ若いので今なら大丈夫とのことでした。すでに手術日も決めてあり、前日に入院準備をして行くだけでいいように整えてくださっていました。今回の電話は、少しでも早く手術をというニュアンスでしたので、智貴にも手術の必要があると連絡があったことを伝え、智貴も納得しました。

Y先生は、智貴が初めて肺への転移がわかり手術をするかどうかの瀬戸際に、一緒に悩んでくださった先生でした。Y先生は「私にも子どもがいますが、もしもわが子であれば今はまだ手術はやらないですね」と言われたのでした。ほとんどの医師は自分の発言で患者の気持ちが左右されるような言葉は避けるのですが、Y先生は手術をすればいいというものではないことをきっぱり言ってくださいました。今後手術をすることがあるとしても今のタイミングは早すぎるということだと理解しました。手術をするかしないか……。その結果は誰にもわからないけれども、あえて責任を負ってくださったY先生に感謝したことを思い出しました。

そして手術前日、再度撮ったCTで腫瘍がとんでもない大きさになっていることがわかったのでした。手術の必要があると判断されたCTを撮ったのは一か月前のことでしたので、あまりにも速いスピードで大きくなっていたことに、Y先生も驚きを隠せない表情でした。

その日の夕方、Y先生と担当医と私たち夫婦の四人で話し合いをしました。Y先生は率直に、今の腫瘍の大きさとそれが横隔膜を覆っている状態での手術は命の危険を伴う手術になるとのことでした。我々も手術をするならばそれなりの覚悟を持って行うが、今後の智貴の生活の質が大きく低下することになるとも言われたのでした。肺を大きく切除することにより酸素ボンベの携行が必要となるため、松葉杖の智貴には負担が大きくなり、行動範囲も狭くならざるを得ないのです。「それよりも今は痛みもなく酸素も必要のない状態で生活ができているので、このまま智貴君の生命力にかけませんか」と説得されました。でも「そうですか」と簡単には諦め切れない思いはお父さんも私も同じでした。簡単には引き下がれない思いが強くありました。私たちの様子を見てY先生は、「できないわけではないかもしれないけれど……」と言いながら、何度も資料に目を通しながら考えてくださいましたが、「では、手術をしましょう」とは言ってくれませんでした。Y先生のとても辛そうな表情が、私たちの希望を砕きました。

病室で一人待っている智貴のことが心配でした。「手術の説明を聞いてくるね」と言って出たのに、あれから三時間が過ぎて二十一時になっていました。明日の手術がなくなったことをどう説明したらいいのか迷いました。こんなことがあっていいのかと、泣き叫びたい思いを殺して笑顔で病室に戻るしかありませんでした。病室に戻ると智貴はテレビを見ながら笑っていました。イヤホンを外しながらこちらを向いたので、「今日のCT撮影で再度確認したら、もう少し化学療法をしてから手術の方がいいということで、明日の手術はなくなったよ」と話しました。智貴の反応が怖かったのですが、「手術しなくていいならよかった」と明るく言ったのでした。

スキー研修

島根県の公立高校では修学旅行は行われていないのが現状です。その代わりに各高校単位で二泊三日の研修が行われます。智貴の通う高校では鳥取県の大山でのスキー研修が行われています。修学旅行のようですから、生徒たちは高校一年生の最後の行事として楽しみにしています。智貴はスキー滑走はできませんが、みんなと一緒に行けることをとても楽しみにしていました。

事前に担任から相談があり、智貴が行くとしたらどのような準備が必要かを聞かれました。足が悪いのでお風呂場での転倒が心配なだけで、ほとんどのことは一人でできるのでぜひ参加させてほしいとお願いしました。すると、お風呂は一人で先に入浴することで解決できるとのことで、参加することが決まりました。

ところが、主治医から万が一のためにと保健の先生に託された医療機関への紹介状を見た校長先生から、「何か起これば生徒全員が引き揚げることになるので、参加しないでほしい」との連絡が保健の先生を通じてありました。出発前日の朝のことでした。とても楽しみにしているのにそんなことを言えるわけがありません。そもそも智貴だけでなく参加する全員に万が一のことは起こり得るのではないかと思うのです。主治医の金井先生に連絡をして事情を話すと、「そんなつもりではなかったのに。私が学校に掛け合いますから待っていてください」と心強い言葉をもらいました。

結局、その日の夕方に学校側と父親、金井先生との会合がもたれることになりました。それぞれの立場があり、学校側としては他の生徒への影響を考慮していること、山なので病院までの距離が遠いことなどを考えての判断のようでした。しかしながら、智貴の思いはどうしたらいいのでしょう。その思いを汲んでくださった担任や随行予定の先生方から見守りをするので参加を認めましょうとの意見が出され、校長先生も納得してくださって、智貴の参加が決まったのでした。智貴は前日にこのような会合があったことは夢にも知らず、スキー研修を楽しんで無事に帰ってくることができました。

夜中までのトランプ大会は最高に楽しかったそうです。そしてみんながスキーをしている間は、先生と補習授業のような雑談のような時間だったそうですが、それもまたいつにもない貴重な時間だったと振り返っていました。

この研修に参加できたことは些細なことかもしれませんが、本人にとってはみんなとともに同じ時間を過ごせた青春という名の宝物なのです。学校側の配慮に感謝しかありませんでした。

喀血

スキー研修から二週間後、学校の保健の先生から智貴が血を吐いたため救急車を呼んでいいかとの電話連絡が入りました。肺腫瘍があることからときどき咳が出て、喀血を起こす可能性があることを聞いていたので、早急に止血をして咳を止める必要があるので救急車にて島根大学病院に搬送することをお願いして、私も急ぎ学校に向かいました。

電話を受けてからは、〝どこでどのようにして喀血したのだろうか？〟〝教室が騒ぎになっていないだろうか？〟〝智貴はどうしているのか？〟私の頭の中はパニックでした。車を走らせ学校に到着すると、救急車を誘導するために学校前の道路から点々と先生方が立ち、救急車がサイレンを鳴らさないで静かに入ってくるところでした。保健室が渡り廊下からすぐの場所にあるので、救急車はほぼ横付けにできました。私は車から降りてすぐに智貴のところに駆け寄りたかったのですが、遠目に救急隊員の処置状況が見え、智貴が落ち着いた様子で受け答えしていたので少し安心できました。ほどなく担架で救急車に収容され、私も一緒に同乗しました。このときもサイレンは大きな道路に出てから鳴らされました。在校生に動揺を与えないためだと思いました。初めて乗った救急車は事故のないように注意しながら走行するので、意外にスピードが遅かったと記憶しています。私の気持ちだけが早まっていたのかもしれません。

大学病院に到着すると、すでにお父さんが待っていてくれました。そしてすぐに放射線科でのカテーテルによる止血術が行われ、無事に止血ができ咳もほとんど止まり、一週間で退院することができました。

喀血したときの様子は智貴によると、咳が止まらくなって授業の邪魔になるといけないので、トイレに行って思い切り咳をしたら血を吐いたから保健室に行ったとのことでした。術後に集中治療室に行くと、「トイレの洗面台に血がついていると思う」と心配していました。金井先生が、「智貴君はすごいね。授業をそっと抜けてひとりで保健室に行ったそうですね。周りの大人が心配するよりも、子どもたちは自分がどんな行動をするべきかを言われなくてもわかっているんですよ。だからクラスの生徒は喀血して救急車で運ばれてるなんて全く知らなかったんですよね」と。確かに、〝自分のことで他の生徒に何か悪い影響を及ぼすことはしたくない〟という思いは当たり前に持ち合わせていたことだと思います。それは自分には病気があるから、その部分はみんなと違うところだから気をつけなければという思いが自然と身に付いていたのだと思いました。

二年五組理系早進度クラス

その後も心配された喀血は起こらず、春休みに肺腫瘍への放射線治療はあったものの、岡山へのミニ旅行を楽しんで二年生への進級を迎えました。

二年五組は理系早進度クラスです。一年の三学期にアンケートがあり、その中に二年生での早進度クラスを希望するかとの質問がありました。智貴との話し合いで、治療があるので精神的にも体力的にも普通クラスの方が安心ではないかということになり、早進度クラスは希望しないことにしました。何より智貴自身が、自分が早進度クラスに入る成績ではないと思っていたので真剣には考えていなかったのです。

ところが、一年生の終わりに担任の先生から、「どうして早進度クラスを希望しないのですか？」との電話があったのです。「治療をしているので」と言うと、「やはり、そうでしたか」と言って本人と話したいとのことで智貴に替わりました。智貴は電話を切ると嬉しそうに「俺って、早進度クラスに該当するらしくて、〝せっかく選ばれた中で勉強できるチャンスだからがんばってみないか〟って言われたからそうすることにした」と言いました。担任の先生には、いつも生徒たちのできる力を最大限に伸ばしてあげたいという思いを感じていました。一年間、治療をしながらがんばってきた結果が早進度クラスだったのだから、治療を理由にするのはおかしいとお考えになったと思います。これからも智貴の勉学に対する姿勢が変わらないと信じてくださっていたから、本人に確認したいと思われたのだと思いました。

私は、治療を続けながら何事にも常に前向きに上を目指してがんばってきた智貴に〝もうがんばらなくてもいい〟と釘を刺したようなものだったと深く反省しました。

高校二年生の夏休み

二年生になってからは、治療は飲み薬になりました。腫瘍の増殖に必要な酸素や栄養を補給する血管を攻撃して、病気の進行をくい止めるという新しい薬でした。これ以外の治療はなかったので、なんとか無事に一学期を終えることができました。夏休み前から少し息苦しいのではないかと思うときがありましたが、それでも夏休みには楽しみにしている目標がありました。八月九日に開催される岡山大学のオープンキャンパスに参加して、理学部を訪問してみたいと思っていたのです。ところが、八月に台風11号と12号が日本に上陸して大変な被害をもたらした頃と重なり、九日のオープンキャンパスは中止になったのです。とても楽しみにしていたので本当に残念そうでした。

この夏は、どこかいつもより元気のない様子でしたが、毎日の生活はきちんとしていました。お盆までの短い夏休みでしたが宿題もこなし、読書感想文は池井戸潤さんの『下町ロケット』を書くことにしていました。ところが、その後に本屋さんで見つけた中村文則さんの『何もかも憂鬱な夜に』をさらに読んで、それを感想文に書いたのでした。何か考えがあったのでしょうが、感想文を書くために二冊の本を読んだのは不思議なことでした。

そして、お盆明けからの補習授業に出席し、八月二十五日の二学期始業式と翌二十六日に出席したのを最後に学校への登校はかないませんでした。

学校復帰への意欲

二学期に入ってからの入院は、しばらくしんどいときが続きました。眠れない夜が続いたある夜に、「お母さん、俺って死ぬの?」。枕もとの小さな明かりに照らされた智貴の顔を今でもはっきり覚えています。私は〝どうしよう〟と一瞬顔を背けそうになりましたが、〝だめ、すぐに答えないと。智貴が不安になるでしょ〟と自分に言い聞かせ口から出た言葉は、「大丈夫、神様がちゃんと導いてくださるから、大丈夫だよ」という答えでした。どうしてもこらえきれずに涙が溢れてしまい、「ごめんね、お母さん泣いたらいけんよね」「いいよ、お母さん泣いてもいいよ」と言って微笑んでくれました。少し薬のせいでぼんやりしていたと思いますが、このときの私の言葉をどう受け止めたのか、私自身は本人への希望の言葉になってほしいと願いました。

ところが、十月に入ると少し落ち着きを取り戻し、金井先生も驚くほど回復しました。それからは、車椅子での散歩が日課になり、無理と言われていた入浴も、お風呂が大好きなので、できるだけ入浴させてもらいました。この頃になると、十一月から学校に復帰することを目標に、受験できなかった中間試験の分を期末試験で挽回するんだと意気込んでいました。智貴が一生懸命勉強をしている様子を見て、金井先生がスカイプ授業をしてもらえるように学校にお願いしてみよう、と提案してくださいましたが、残念ながら学校側の準備ができないとのことで実現できませんでした。

病室で勉強をする高校生にとって学校で授業を受けられないことは本当に辛いことです。中学生までは義務教育なので、長期入院の子どもたちは院内学級に通うことで出席日数を確保できます。しかし高校生には院内学級がありません。いくらがんばって勉強を進めても出席日数が足りず留年になるか退学を余儀なくされてしまうのです。当時、大阪市在住のユーイング肉腫で長期入院していた高校生が、高校生のための院内学級を作ってほしいと『市民の声』に投稿して、橋下市長が即刻動き、とりあえず訪問学習が始まったと聞きました。このような状況をたくさんの方に認識していただき、少しでも病気の子どもたちが希望を持って、健常者とともに学べる学校づくりが行われることを切に願います。

今はコロナの影響で当たり前のようにオンライン授業ができて、入院中の高校生も出席日数を確保できるようになりました。単位を確保するための努力は生きる力に繋がります。入院だけでなく様々な理由で学校に行きづらい子どもたちの大切なホットラインになってほしいとも思います。

亡くなる三日前に担任の先生が病室に訪問してくださったとき、家庭教師と数学の勉強をしていたのでびっくりされたのですが、「ここまで自学できているなら復帰しても大丈夫だ。でもあと少しで留年になりそうだから、補習授業などを考えているからね」と言って励ましてくださいました。智貴は、「留年なんか絶対しないよ。十一月から学校に復帰してみんなと一緒に三年生になるからね」と最後まで強い意志を持ち続けていました。

命の重さ

命について

『何もかも憂鬱な夜に』。智貴がこの本を手に取り、「買ってほしい」と言ったとき、私はこの本のタイトルが智貴の思いのようで心が痛みました。感想文を書く本はすでに読んでいるのに、なぜこの本を読みたいと思ったのだろう、内容も知らないのに読んでほしくないとさえ思いました。しかしその当時、十七歳の犯罪がクローズアップされていたと記憶しています。同じ年代の少年の犯罪に思いを巡らせ、この本を手に取ったのかもしれません。

この本の読書感想文については、後日、国語の担当教師であり、智貴が係をしていた図書委員会の担当でもあった田中洋子先生からお手紙とともに原文が送られてきました。どんな感想文を書いたのだろうかと気になっていたので、わざわざ送ってくださったことにとても感謝しました。そこには、日本の死刑制度に対する曖昧さや、十八歳での線引きについて納得できない様子が書かれていました。死刑制度の曖昧さについては、考えても考えてもわからなくなって、堂々巡りをしている様子が窺えました。簡単に奪われてしまう命について良しとするのか否か、何かどこかで自分の置かれている命と比べていたのだろうか、と考えずにはいられませんでした。

一年生のときは、『永遠のゼロ』を読んで戦争で尊い命が奪われたことについて書き、二年生では同年代の少年犯罪にかかる死刑制度について書くことになったのは、もしかしたら自らの命についても、深い思考を重ねていく必要があったからなのかもしれないと思いました。

死刑制度に思うこと

二年五組　日下　智貴

僕が、この本を選んだ理由はこうだ。最近若い人たちの様々な犯罪が多発している。特に高校生同士の殺人事件は僕にとって衝撃的だった。同じ高校生だが、到底理解できない。どのような処罰が下されるのだろうか。

裁判員制度も始まって五年が過ぎようとしている。あまり話題に聞かなくなったが、実際に選ばれた人たちの気持ちはどのようなものなのだろう。また、刑務所に移送された受刑者たちと向き合うことになる刑務官も複雑な思いなのではないかと思う。そう考えたとき、僕が加害者、被害者のどちらかの立場になったとしたら、いろんな人たちと関わりながら、どのように心が変化するのかを、この本を通して考えてみたくなったからだ。

僕が一番心に残った場面は、主人公の刑務官の主任が日本の死刑制度について語る場面だ。実際にその場にいる刑務官の立場から見た死刑制度についての考えは、とても新鮮に聞こえた。読む前の僕の考えは、この制度に賛成だった。なぜなら、私利私欲のため人の命を奪ったのだから、死刑は当然だと思えた。しかし、死刑は僕が思っているよりも曖昧なものだとわかった。

十八歳に満たない人間は法で死刑に出来ない。そう聞いただけでは何も疑問には思わない。しかし、そもそもこの十八歳とは何なのか。大人になるのは二十歳だから死刑になるのも二十歳からなのではないかと僕は思った。疑問は益々湧いてくる。特に思うのは、被害者からすれば十八歳であろうと十七歳であろうと人の命を奪ったことに変わりはない。それなのに量刑が違ってくるのは僕には納得がいかない。

大きな事件があればニュースになり、判決までが報道される。死刑になれば特に大きく報道されるが、他の事件と比較したとき、何であれが死刑じゃなくてこれが死刑なのか、と思うことがたまにある。その理由の一つが遺族の声だ。インタビューに泣きながら答えている遺族を見ると、同情せずにはいられない。悲しい、悔しい、憎い、そんな気持ちがひしひしと伝わってくる。世論は死刑になって当然だという空気になる。しかし、遺族、世論などの声が量刑に影響してはいけないと思う。なぜなら一人で生きてきた人間は平等に扱われないと思うからだ。だからと言って、遺族の声を無視していいわけではない。これはとても難しい問題だと思う。

主任がこんなことを言っている。

「一番聞いていて辛いのが、死刑存続か、廃止か、という言葉だ。それなら廃止じゃなくて、停止にすべきだろう。じゃないと、過去に俺たちがやってきたことが、全て間違っていたことになる」

これを読んだとき、とても強い感銘を受けた。僕はそのとおりだなと思った。これは刑務官になってみないと、なかなか気が付かないことだ。死刑を実行する人は精神的に、とても辛いとあらためて思った。死刑制度について世界に目を向けると、ヨーロッパではほぼ廃止されている。先進国に限っては、日本とアメリカくらいだ。しかし、僕は犯罪者が一生、刑務所で過ごすことに違和感を覚える。なぜなら、犯罪者が国民の税金で生活をしていると思うと納得がいかないからだ。遺族ならなおさらそう思うはずだ。しかも、罪を犯しておきながら一生ご飯を食べていくのに困らない。これではまじめに働いている人が何なのかわからなくなる。死刑制度のない国の人々はどう思っているのか聞いてみたい。

この本を読む前は死刑制度に賛成だったが、この制度の曖昧さがわかり、はっきりと賛成とは言えなくなった。本当にその人は死刑が妥当なのか。そもそもどこからが死刑で、どこからが死刑でないのかがはっきりせず曖昧だ。無理やりどこかでその線を引いたとしても、それが正しいと言い切れる人はいない。僕は結局、人は人の生死を決めることは出来ないと思った。決めることは罪だとさえ思える。だから、曖昧さが出てくるのだと思う。

法はなぜ必要なのだろうか。人間が罪を犯すから。刑罰はなぜ必要なのだろうか。人間が人間を裁き、罪を裁かないから。人間が罪を犯さなければ法はいらない。そのために僕たちが始めなければならないことは、人に優しくあること、人を信じることではないかと思う。

＊

今年度の読書感想文も、智貴くんの作品は最終選考まで残りました。私も読みましたが、死刑制度についてしっかりと書かれた感想文でした。病気と向き合いながら、どんな思いで智貴くんが文章を綴ったのか、これからまた考えてみたいと思います。

お話ししたいことは尽きませんが、ご家族の皆様が心穏やかな日々を過ごされますようお祈り申し上げながら、この辺りで筆をおきます。寒さが続く慌ただしい折、くれぐれもご自愛ください。

二〇一四年十二月二十八日

田中　洋子

智貴からのメッセージ

智貴の本を書きたいと思い始めてから七年が過ぎました。やっと文章にする機会を得て、あらためて智貴の歩みを追う中で、私も必然的に『何もかも憂鬱な夜に』という本に辿り着きました。智貴に導かれるようにこの本を手にして読むことになったのです。読み始めると小説の世界に引き込まれ、一気に最後まで読みました。そしてもう一度ページをめくりながら、智貴が命についてどのように受け止めながら読んでいたのかを考えるうちに、私の中に湧き上がる思いがありました。

〝人は、はるか遠い昔の先祖からずっと繋がって続いている流れの中で、ほんの一瞬だけ生きて存在している〟ということに、まさにそのとおりだと共感しました。留まることなく続いていく流れの中で、人の一生が決まっているとするならば、人はその使命に抗うことができるだろうか……。たとえ、その一生が長くても短くても、それが使命として与えられた全てであるならば、その一瞬を精いっぱい生ききることがこの世に存在した意義ではないかと感じました。それは、まさに智貴が実践していたことではないかと思うのです。私はここに辿り着くために智貴の本を書くことになったような気がしてなりません。

このように考えることができたことによって、私は救われた思いになりました。尚之さんが〝智貴が最期までがんばったから自分も最期までがんばるよ〟と言ったことも、智貴が残したメッセージによって尚之さんもまた、精いっぱい生きて私にエールをくれたと感じます。二人が生きて存在した流れの中で、私も前に歩みを進めるべきと思わずにいられないのです。

高校の卒業式

二〇一六年三月一日、高校の卒業式が行われました。智貴がみんなと一緒に卒業したいと願った一日です。もう関係ないことと思いながらも、その日が近づくにつれて一緒に学んだ同級生のために〝祝電を打とうか、お祝いのお花を贈ろうか〟など、思いを巡らせながらも結局なんにもできないまま当日を迎えました。〝これでよかった〟と自分自身に言い聞かせながらも、どこか寂しい思いが心から離れないままでした。それは、みんなに智貴を忘れないでほしいと願う私の身勝手な思いでしかなかったように思います。

ところが数日後、田中洋子先生からお手紙が届き、卒業式の日のことが書かれていました。答辞を読むことになったK君が智貴のことを書きたいと言ったこと、式典後のクラスのホームルーム、教職員の祝賀会にて、智貴のことが話題になったことを伝えてくださいました。〝智貴を忘れないでほしい〟と願った思いは、みんなに届いていたのだと思うと嬉しくて涙が溢れました。そして智貴が望んだとおり、みんなと一緒に卒業式を迎えたのではないかと思うことができました。

田中先生からのお手紙が届いたその日の夕方のこと。入院当初から親交のあったパラ卓球の岡紀彦選手からメールが届いたのです。「全日本チャンピオンに返り咲きました。ラケットケースに智貴君の写真を入れて戦いました。ありがとうございました」という嬉しい報告でした。二〇一六年三月五日、ジャパンオープン肢体不自由者卓球選手権大会車いすの部にて優勝を飾られたのでした。二十五連覇の後、体調不良により連覇の記録は途絶えたものの、この年、不屈の精神をもって通算二十七度目の優勝を果たされたのです。

偶然にも同じ日に起きた二つの出来事は、私が卒業式に思いをはせて行動を起こす必要もなく、智貴はみんなの心の中にそっと生き続けているのではないかと思えるようになりました。

智貴への感謝

あらためて智貴の入院から最期までの経過を振り返ると、本当に厳しい治療と勉強との両立で体が悲鳴をあげていてもおかしくない状況の中で、よくぞ笑顔で生き抜いてくれたと感謝しかありません。智貴が未来に向かって目標を立て努力を重ねる姿に、私たちは心が明るく安らかな思いの中で過ごすことができました。

当時の私は、毎日が怖くて怖くてしょうがありませんでした。暗いカンファレンスルームのシャーカステンに映る画像、いつもどこかで鳴っている定流量器のアラーム音、夕食時の天気予報の音楽、ニュース番組のテーマ音楽さえ、数え上げればきりがありません。検査結果が良くないことがわかっていたとき、寝たふりをして説明に来られた主治医をあきれさせたことも一度だけありました。〝もう聞きたくない〟私の中に納まりきれない感情が限界を超え、我慢してきた涙が止まらなくて顔を上げることができなかったのです。絶対に泣かないと決めていたのに、どうしようもなく心が折れてしまったのでした。今でもこれらの場面を目にしたり、聞いたりすることに加えて、智貴の好きだった歌手の声さえ聴くたびに、当時の思いがフラッシュバックしてしまうのです。

それでも、常に明るく笑ってくれる智貴の姿に、〝この笑顔をずっと見ていたい〟、その思いだけで私たちは予後などという不確実なものの話はしませんでした。それは、未来を考えてわくわくする思いで過ごしてほしいと願ったからでした。でもそれは親の身勝手な考えだったかもしれません。私たちには全てを本人に話す勇気が持てなかったことと、話すべきかどうかの判断ができないまま時間が過ぎていったように思います。

そして、智貴の生きることへの生真面目さに対して、私たちの選択が最善であったかどうかを考えてしまいます。その都度悩みながらも選んできたことが最善だったのかどうかを考えるだけで苦しくなります。なぜもっと早く病気に気づいてあげられなかったのかと思う気持ちも常につきまといました。考えても考えても答えは見つかりませんでした。でもきっと答えなどありはしないと思うのです。迷いながらも選択してきたことが事実としてあって、その結果は誰にもどうすることもできない、ただ〝神のみぞ知る〟、それだけのことなのだと思えるようになりました。そして、智貴が全てに全力で臨んでくれたことは、それがきっと、正解であったと考えても良いという答えではないかと思うのです。そう信じることで残された私たちが生きていく術になると思うからです。

亡くなった後、病気について予後などをどこまで話すべきかについて、智貴を最期まで励まし続けてくださった島根大学病院小児科の金井理恵先生は、「智貴君がどこまで死を思っていたかはわからないけれど、亡くなる前日までやりたいことや食べたいものがあったのだから、今を生きるという気持ちだったのではないでしょうか。死への不安は誰でも持つものと思いますが、将来への希望も持ち続けていたと思います。子どもに対して予後を伝えることは欧米では以前から行われていて、日本でもそうすべきだと言われています。子どもであっても一人の人間であって自分の人生を自分で決めて行く権利があると思います。ただ、それを支える家族のお気持ちを考えると簡単には考えることはできません。ご本人の気持ちを第一にしたいと思いつつできないことが多いです」と話してくださいました。金井先生は常に患者と患者家族に対して同じ目線で考えてくださっていました。患者の希望を叶えるためなら、学校や教育委員会にも乗り込んでいってくださる先生です。当然、智貴の信頼は厚いものでした。この信頼関係なくして病気に真正面から向き合うことはできなかったように思いました。

病気になって出会えた人たち

院内学級というオアシス

岡山大学病院には入院生活をしている小学生と中学生のための院内学級があります。智貴は長期入院が必要だったため、原籍中学校からこの院内学級に転籍することになりました。岡山市立桑田中学校の生徒になったのです。

院内学級の担任は赴任歴八年目の松本圭子先生でした。桑田中学校では音楽の先生ですが、この院内学級ではいろいろな教科を担当してくださっていました。もちろん、専科の先生方が桑田中学校から派遣され授業を受ける時間もあり、原籍中学校とほぼ変わりない授業を受けることができる環境がありました。しかしながら、治療や検査などで授業に参加できないときがあったり、気分的に気持ちが向かないときもあったりと、病気と闘いながらの勉強は簡単なことではありませんでした。このような院内学級での勉強の進捗状況や生活状況は、原籍中学校の担任の先生と情報交換が行われて、きちんと出席日数にも反映されることになっていたので、退院後の復学にもスムーズに繋げてもらうことができました。

智貴は入院当初、院内学級にはほとんど興味を示しませんでした。なかなか慣れない様子の智貴を心配して松本先生はほぼ毎日病室に顔を出してくださいました。この頃の智貴は、しんどい化学療法を続けるよりも早く腫瘍を取り除いてほしいと焦る思いでいっぱいで、勉強にはとても気持ちが向かなかったのです。このような病児の心に合わせてゆっくりゆっくり寄り添って見守ってくださる松本先生の存在は、親にとってもいろんな悩みを相談できるかけがえのない心の支えでした。

松本先生は、院内学級という特別なクラスの担任になってから試行錯誤の取り組みをされて、ご自身が辛く苦しくなることも経験されながらも病児やその親に寄り添うことに努めてくださる先生でした。普通の中学校と同じような空間作りをして、普通の中学生として接するように心掛けていたという先生に、智貴が信頼を寄せていくのにそう時間はかかりませんでした。

そしてもう一人、院内学級のボランティア先生の三好祐也さんとの出会いがありました。三好さんは五歳から中学生まで岡山大学病院の小児科に入院し、院内学級にも通っていた大先輩です。今は、病気の子どもの学習・復学支援のためのＮＰＯ法人を立ち上げておられます。智貴が入院した当時は、岡山大学の大学院で病児教育を学んで卒業され、引き続き院内学級にボランティアで通って来ておられたのです。三好さん自身が病気により長い入院生活の中で、体調が悪かったり、悩みを抱えたりしながらも、好きなことをして入院生活を謳歌していた経験を生かして、入院していても友だちはできるし、楽しもうと思えばできることを体現してほしいと願いボランティアをされていました。

院内学級にはいろんなタイプの子どもたちがいて、むしゃくしゃした思いをストレートに口に出す子がいれば、「そうだよなぁ。でもそんなことはあるんだよ。しゃーないやろ」と言って受けとめてくれます。智貴のように黙って聞いている子は、そこで〝嫌なことを口に出してもいいんだ〟〝嫌なことがあればこうかわせばいいんだ〟ということを学んでいくようでした。声に出して周りの人たちに訴えることは、病気に向き合っている証でもあるのですね。そして、みんなが治療などを共有する仲間であり、わかり合える仲間がいて、一緒に過ごすことであんなこともできる、こんなこともできるという自信にもなって、人の中にいる心地よさを実感できたと思います。そしてそれは、地元の学校に帰ってからは、人と違う面を持った自分がみんなに受け入れてもらうためには自己開示が必要であること、そして自分をさらけ出すことで自らの居場所を確保できることが自然と身についていったのだと思います。

三好さんは子どもたちのファッションリーダーでもありました。入院中にファッション？と思うかもしれませんが、外見の身なりも楽しむことで自分の自信につながるからといつもおしゃれでした。それを智貴は羨望のまなざしで見ていましたからその影響は強く受けました。そういうふうにいつも十代の彼らに病気を持った二十代のリアルを見せながら、病気があっても楽しい大人になれることを見せてくれていました。病気によって初めは悲嘆するけれど、それだけにとらわれるのはもったいないし、それだけで人生は終わらないからと、自身の病気と向き合う姿をさらして子どもたちに普通に楽しむことを教えてくれていました。

院内学級では勉強以外にも、松本先生も三好さんもトランプ、ＵＮＯ、マンガ、ゲームなどのあらゆる最新情報を常に駆使して楽しい話題で盛り上がりました。競技かるたのマンガを読んだときには、実際にみんなで百人一首に挑戦しました。智貴は百人一首などしたことがないのでわからないのではと思いましたが、意外と中学生たちは馴染んでいくのですね。遊びの中でも勉強に繋がるように工夫されていました。

子どもたちが病気になって不安を抱えながらも、ひとつの拠り所として集まり、そこで一人ではないのだと感じ、未来に向けてがんばろうと思える空間、素の中学生に戻れる場所が院内学級だったと実感しました。退院後も外来通院のときには必ず院内学級に顔を出して、懐かしい教室でくつろぐ時間がまた不思議と心が落ち着く場所だったようです。

岡紀彦選手との出会い

院内学級を通じて車いす卓球の第一人者である岡選手と出会ったのは、足の術後でなんとか支えがあって立つことができた頃でした。岡選手は車いすを自由自在に操って段差でも誰の手を借りることなく難なく移動しての登場でした。その様子を見ての第一印象は堂々とされていて障がい者であることなどみじんも感じさせない風格がありました。正に圧巻でした。

術前に岡選手から送られてきた手紙に、「僕の好きな言葉は〝ピンチがチャンス〟です。病気で辛いときや試合で苦しいとき、『今できる精いっぱいのことをしてこのピンチを乗り越えたら、もっと強い勇気のある自分になれる』と言い聞かせて、いつも戦っています」との励ましの言葉とともに、ブラジルオープンで優勝したときに買ってきたというミサンガをお守りにとプレゼントしてくださいました。

手術直前の思わぬプレゼントに、「やっべー、すっごーい」とハイテンションでした。そしてあとひとつ、「手術が終わってリハビリができるようになったら一緒に練習をしましょう」と書かれていました。

入院後の作文に「中学生になって練習がきつくなって嫌だと思っていたけど、できなくなったら卓球がしたくなった。好きなことができることがどんなに幸せなことなのかが、長い入院生活でわかった」と書いていたように、卓球大好き少年が病気をきっかけに卓球ができなくなることへの不安は、傍で見ていても辛く悲しいことでした。それでも月刊の卓球専門誌をお父さんが届けてくれると、本を見ながら技術の習得のためにラケットを持つように手を動かしていました。そんな中でふとページに見入って読む姿があり、〝なんだろう〟と遠目に覗くとパラ卓球のページでした。私も月刊誌はなんとなく見るのですが、今までパラ卓球のページには目を通したことがありませんでした。否、失礼ながらそのページの存在自体を知りませんでした。

〝そうか！　まだ卓球ができる環境は残っているじゃないか〟と私の中で希望が膨らみました。しかし智貴自身がどのように受け止めているのかわからなかったので、その思いはそっと私の中に置いておきました。

岡選手からの言葉〝ピンチがチャンス〟。この言葉はあらゆることに通じることだと思いました。そして岡選手が、最後まであきらめず逃げない卓球を続けてきたからこそ栄光をつかみ続けてこられたのだと感じます。自らの姿を通して病気だけにとらわれないで、心豊かな人生をつかんでほしいというメッセージだったと思います。

この出会いをきっかけに、入院中に何度か院内学級を訪問してくださり、リハビリ室で卓球をしたこともありました。智貴たちにとってはまさか病院でプロ選手と卓球ができるなんて夢のような出来事でした。リハビリの先生方の理解と協力がなければ実現しなかったことで、心から楽しんでいた子どもたちの笑顔が印象に残っています。

退院後は個人的に岡選手の試合の応援にも行きました。そのときに岡選手の配慮によって智貴はベンチコーチとしてコートに立たせていただいて、試合前の練習相手をさせてもらいました。試合会場の懐かしいコートに立ってピン球を打つ感触がどれほど心地よいものだったかは、智貴の真剣な表情から窺うことができました。智貴のような健常者が病気で急に卓球を取り上げられたという経験のない岡選手にとって、パラ卓球の大会観戦に誘うこと、ましてやコートでラリーをすることなど智貴が嫌がるのではないかと心配されたと聞きました。だから岡選手は智貴に卓球をすることを無理強いすることなく、自然と智貴の卓球への情熱を引き出してくださって、諦めかけていた卓球への思いを繋いでくださったと感じています。

その後にも岡選手からサンディエゴオープンに参加したときのお土産としてTシャツをプレゼントされ、嬉しくて松本先生に写メを送ってきたそうです。

「日下君も将来そういうところに参加したらお土産頼むね」と言ったら、智貴は「まかせとけ！」と返信してきたので、やはり卓球がやりたいんだと感じたそうです。

小学生の卒業文集に将来の夢として、〝学校の先生になって卓球を教えたい〟と書いていました。病気になってからは治療薬を研究したいと言っていたときもありました。高校で理系を選択したのもそのためだったと思っていました。ところが、高校一年生の夏に〝学校の先生になりたい〟と書いていて、松本先生にも「院内学級の先生にはどうしたらなれるの？」と聞いていたそうです。岡選手と出会い、臆することなく今の自分のままでいいのだということを学べたのは、智貴の人生において大きな収穫であったと思います。

理学療法士の坂上先生

智貴が足の手術をした翌日にリハビリを始めるべく紹介されたのが坂上先生でした。大阪弁で話される調子が心地よくてすぐに仲良くなれました。私も人柄が大好きになって、おしゃべりするのが楽しくて、智貴に「お母さん、黙って」と言われるくらいに口を挟んでしまうこともありました。

智貴が疑問に思ったことを尋ねると、すぐに調べて教えてくれるほど熱心に取り組んでもらいました。一番気になっていた〝走りたい〟という思いには、文献を調べてきて、「日下君と同じ手術をした人で一〇〇メートル走をした人があったよ。正座もできるようになった人もいたよ」と、いつも励ますことを考えて取り組んでくれていました。

休日にも病室へきて、窓から見える桜を眺めながら二人で三時間も話し込んでいたときもありました。

「十歳も違うのに同じ感覚でしゃべれるって、日下君て本当に大人やな。俺が子どもやろか」

「そうでしょ！」と言って笑い合っていたのが印象的でした。

そして、院内学級の子どもたちがリハビリ室で卓球ができるようにしてくれたのも坂上先生でした。子どもたちが楽しそうに卓球する様子を患者さんやスタッフの方々も笑顔で見守ってくれていて、辛いリハビリの中にも和やかなひとときが響きました。わずかでも、そんな温かな時間は子どもたちが普通の子に戻れる時間だと感じました。

退院後、坂上先生は地元の大阪に帰っておられたので、大阪に行くことがあると必ず連絡をしていました。智貴は一人っ子だったので坂上先生はお兄さんのような存在だったのだと思います。よくしゃべることがあるなと思うほどに楽しそうで、その様子を見ているだけで嬉しかったものです。

研修医との時間

初めに小児科で出会った研修医はとても親しみやすい先生でした。入院して間もなく東日本大震災が起こり、テレビ放送も特別番組ばかりで子どもたちにはちょっと戸惑う様子がありました。その中で智貴は不謹慎ながらもＡＣジャパンのＣＭソングにハマってしまい、研修医と二人で歌ったりしていました。歌詞が三番まであることを調べてきてくれて盛り上がり、しょうもないことにもとことん付き合ってくれたことで、少しでも気持ちが明るくなって嬉しかったことを覚えています。

そして、智貴が肺の手術をするため呼吸器外科に何度も入院していると、そのたびにどこからともなく、「よっ！」と言って片手を挙げて病室に来てくれる研修医がいました。初めは呼吸器外科にローテーションで来ていたので指導医の先生と一緒に来ていましたが、ローテーションを離れてからも病室に来てくれました。ほとんど研修後の夕方で、智貴とのおしゃべりを楽しむように自身の経験をたくさん話してくれて、受験勉強をがんばるようにと励ましてくれました。手術での入院は嫌なことではありましたが、この研修医が来てくれていた一年間は高校・大学時代の楽しいことや大変だったことなどエピソードをいっぱい話してくれたので、とても興味深く有意義な時間を過ごすことができました。そして高校受験に合格したことをメールで伝えると、とても長い、長いおめでとうメールが返ってきました。彼もその春からは研修を終え、医師としての第一歩を踏み出すときだったので、お互いがんばろうという励ましのメールでした。これからもひとりの友人として智貴のことをずっと応援していると書かれていました。日本のどこかで応援し続けてくれている人がいるなんて、心が温かくなるメールに感謝でした。

家庭教師

高校二年生になったときに、数学が難しくなってきて家庭教師をお願いしたいと言うので、金井先生に学生さんで誰かいないかとお願いしたところ、すぐに手を挙げてくれた人がいました。医学部の一年生で、とても優しくて、おしゃべりで面倒見のいいお兄さんだったのですぐに仲良くなれました。

医学生なので病気のことも心配しながら、智貴のその日の体調に合わせて勉強に集中したり、ほとんど雑談で終わったりする日もありました。それでも一学期のテストを無事に終えることができてホッとしたと責任を感じていたようでした。夏休みは実家に帰省するとのことで、二学期に元気で会おうと約束しました。しかし智貴の体調がすぐれず入院生活となり、勉強もできない状況となりました。それでも病室を訪ねてきてくれて、顔だけ見て帰る日もありましたが、そのうち智貴が「十一月から学校に行く」と言うので、病室で一緒に勉強を始めました。亡くなる三日前も数学の勉強を一生懸命こなしていました。緩和ケア病棟だからこそ、こんなに充実した時間を過ごすことができたのではないかと思います。

そして彼は在学中、命日には必ず会いに来てくれました。今では東京の大学病院で小児科医として勤務しているそうです。

＊

どんなに辛い闘病生活でも、いつもどこかで誰かが手を差し伸べてくれていたと感じています。決して一人ではないと感じられることほど心強いことはないと思いました。自分の殻に閉じこもることなく相手を受け入れる勇気を持てば、必然と生きる力となって前を向いて歩めるのだということを智貴の生きる姿から教えられました。

お世話になったたくさんの病院スタッフ、関わってくださったたくさんの方々に心から感謝を申し上げます。

そして、智貴の本を書きたいという私の思いを受け止めて、掲載の許可をくださった皆様、本作りを一からご指導くださった文芸社の方々に心より感謝を申し上げます。

特別寄稿①　日下くんとの思い出　理学療法士　坂上和孝

初めて担当したときの印象

僕が理学療法士になって、初めて担当した患者が日下くんでした。初めは骨肉腫・肺転移という病名だけで緊張したことを覚えています。なぜなら、「骨肉腫から三箇所以上の肺転移がある患者は五年生存率二十パーセント程度」という論文を読んだからです（二〇一二年頃に読んだ文献のため、二〇二二年現在と少し異なるかも知れませんが）。

また、初めて会ったときは骨肉腫の切除術直後で膝から太ももにかけての痛々しい大きな傷が目立っていました。それを見たとき、「すごく大変な手術をしたんだな。痛そうだな。僕より若いのにこんな手術をするなんて可哀想」と、ネガティブで医療者らしからぬ失礼な感情が出てしまいました。僕は、資格を取ったばかりでまだまだ医療者としての経験と覚悟がなく、学生気分が抜けきっていなかったのだと思います。ですが、本人は僕が想像していたよりもずっと前向きで何に対しても意欲的に、もちろんリハビリに対しても人一倍がんばっていました。僕の前ではそのように見せていただけかも知れませんが、そうであれば凄い精神力の持ち主です。そんな日下くんと関わることで、少しでも力になれることがあれば全力でサポートしようと覚悟を決めました。

何を意識して理学療法士、医療者として対応したか？

中学生で骨肉腫・肺転移を発症した患者に対しての関わり方にすごく悩みました。リハビリテーションは体を良くして生活の質を上げる仕事というイメージが強く、たとえ障がいを持っていても社会復帰をする人と関わることが多いと思っていました。特に実習では整形外科や脳神経外科、高齢者やスポーツ障がい者と関わることが多く、癌を患った中学生に対しての理学療法士としての関わり方のイメージができていなかったのです。すぐに学校や実習で学んだことだけでは通用しない！　と思いました。

まずは癌に対しての効果的な治療は何なのか？　を調べました。調べた結果、手術・抗がん剤治療・放射線治療が主な三大治療であり、理学療法士が癌に対しての直接的な治療を行うことは難しかったのです。そこですぐに壁にぶち当たりました。それでも必死で調べるうちに映画「パッチ・アダムス」を見つけました。小児科医が医学的治療のみではなく、子どもたちを笑わすことで元気にしていくといった内容です。どうやら文献的にも笑うことがキラー細胞を活性化し、がん細胞をやっつける、ということも言われているようでした。日下くんの病状としてはかなり厳しい状態ではありましたが、その情報を手に入れてからは心の底から日下くんは笑って元気になるんだ、癌を克服するんだ、ということを信じて関わることができました。

そこから理学療法士として運動療法は一生懸命しましたが、それ以上に日下くんを笑わせることに力を入れました。元々、僕はシャイで人と話すことが得意ではなかったのですが、とにかく日下くんを笑わせようと必死でした。そして、日下くんの前では自然とどんどん話が盛り上がりました。僕と日下くんは相性が良かったんだと思います。三人兄弟の末っ子だった僕にとって仲良しの弟のような存在ができてとても嬉しかったです。もちろん、ちゃんと患者とセラピストとしての関係性もありましたが（笑）。

リハビリ室での卓球

日下くんは県内でも屈指の卓球強豪校で活躍していた卓球選手だったようです。ただ、骨肉腫の手術をした後は膝周辺の骨は人工物に入れ替わり、脚を支える筋肉の大部分を一緒に取り除いていました。そのため、走ることや横飛びはもちろん、歩くことや支えなしで立つことすら存分にできなかったのです。このときは松葉杖を片手に、もう一方の手にラケットを持ち、その場から動けない状態で卓球対決をしました。立っていることもやっとの状態でボールを取ることなんてできるのだろうか？　ボールを追って転倒してしまわないだろうか？　と心配しながら、卓球をしたのですが……結果は僕のボロ負け。変な回転をかけられ、全く返せないボール。なんとか返せるボールをわざと左右に打ち分けられ、走り回って必死で返球する僕。完全に日下くんに弄ばれた僕の卓球特訓となっていました。日下くんは、必死で走り回ってそれでも全くボールを打ち返せない僕を見て楽しそうに笑っていました。相手の嫌なところに返球する競技である卓球で、普通ならドタバタしている相手を見て、意地悪そうに馬鹿にして笑うこともあるでしょうが、日下くんの性格の良さが滲み出て本当に心から楽しんでくれている、あの笑顔と笑い声は忘れられません。

ＵＳＪに行ったときの思い出

僕が地元の大阪に戻ってからは担当理学療法士と患者の枠を飛び出し、プライベートの付き合いもありました。日下くんの家族（お父さん、お母さん、日下くん）と僕の四人で一緒にＵＳＪに行ったことは一番の思い出です。日下くんは漫画「ワンピース」が好きで、その日は「ワンピースショー」を一緒に見ました。その後、お母さんにお揃いの「ワンピース」のタオルを買ってもらいました。そのタオルは十年ほど経った今でも仕事中に使っている宝物です。

大阪でご飯を食べたときの話

日下くんは島根、僕は大阪と距離的な問題もあり一緒にＵＳＪに行った後は中々一緒に過ごせる時間が取れませんでした。そんなときに日下君の好きだったボーカルグループのＬＩＶＥを大阪まで観にいくので、その後に一緒にご飯を食べようというお誘いがありました。どうせなら、大阪名物を一緒に食べようと思い、お好み焼き屋に行くことになりました。当時は日下くんも高校二年生になっており、進学校に通っていたこともあり大学進学が話題の中心でした。その中で日下くんは「今悩んでいて大阪の大学にも進学してみたいと思っている」と話しており、お母さんからは「大阪の大学に進学することになったときは坂上先生と同居したら安心だから、一緒に暮らしたらいいよ」と、言われました。もちろん、冗談ではありますが、日下くんとできるだけ一緒にいたいはずのお母さんからそんな発言が出たことに、僕のことを信頼してくれているんだなぁと嬉しく思ったことを覚えています。

また、そのときにお母さんから「坂上先生は良い先生になるね」と言われたことがすごく印象的でした。どの業界でも同じかもしれませんが、特に医療業界では偉い先生（学会発表で実績を積む人や勉強会の講師、臨床の場でどんどん治療効果を上げて患者様を治していくゴッドハンドセラピスト）を目指す人が多い印象でした。もちろん、理学療法士になり立ての僕自身、そのような偉い先生になりたいと思っていました。お母さんはどういう意図で「良い先生」と言ったのかはわかりませんが、僕がそのときに受け取った解釈は「患者にとって良い先生になるね」という意味でした。それから、どんなに経験を積んでも理学療法士として働けるうちは、臨床現場で患者や利用者に関わる時間を大切にしようと思いました。僕の中で「患者に寄り添える良いセラピスト」が目指すべきセラピスト像となりました。

大阪での食事会が日下くんと一緒に過ごした最後の時間でした。その後、間もなくして日下くんが亡くなったという連絡が入り、全く現実味がなかったことを今でも覚えています。というより、未だに線香もあげに行けておらず、僕は日下くんが亡くなったことから背を向けているような気がしています。ある日、リハビリ担当をしていた高齢女性にこの話をしたとき、「いつかお線香をあげに行けるといいね。そのとき、あなたは人としてさらに大きくなれるんだろうね」と優しく言われました。いつになったら僕はお線香をあげに行けるのだろうか？　まだまだ未熟な僕にはその現実を受け入れることができないなと思っていましたが、もしかしたら、お母さんから「本を書きたい。坂上先生にも思い出を書いてほしい」と言われた、この機会がいいタイミングなのかも知れません。本ができあがったときに日下くんに会いに行けたら良いなと思います。

日下くんと関わって、自分がどう変われたのか？

日下くんが亡くなったと聞いてからは日下くんの分まで必死で生きようと思いました。やりたいことを全力でする、何事に対しても真摯に向き合う、ということを今でも行動指針の最優先事項にしています。

元々、負けず嫌いで人並みにはなんでもがんばる性格だった反面、恥ずかしがり屋で消極的な一面も持っていた僕は頭で考えるだけでなかなか行動に移すことができないことも多くありました。そのため、なかなか思いどおりにいかないことや、結果が出ないこともありました。しかし、日下くんと関わってからは、自分の中での行動力が変わった気がします。少しずつではありますが、積極的に行動できるようになり結果が出せることも増えてきました。

何より自分がしたいと思ったことを後回しにすることが少なくなりました。「やりたい」と思ったことは何がなんでもやる！　できることは全力でやる！　という気持ちは、日下くんと関わったことで僕が得た最大の変化でした。今でも日下くんは医療者・理学療法士としての僕を作り上げてくれた最も大切な存在です。もちろんまだまだ未熟ではありますが、今後も精進し続け、「良い先生」でいられるように、日下くんに「先生、がんばってるね」と言ってもらえるようにがんばり続けていきます。

このような形で日下くんとの思い出を残せる機会をいただき、本当にありがとうございました。

特別寄稿②　日下くんのこと　院内学級担任　松本圭子

日下君が院内学級に入級したのは二〇一〇年十二月七日、卓球のすごい選手だと聞いていましたが、本人は穏やかで物静かで、とても中学一年生とは思えないような落ち着いた男の子でした。入院当初は治療のことや手術のこと、急に日常から切り離されて心の余裕がなかったのでしょう、しばらくして二〇一一年の春前くらいには毎日通級してくるようになっていました。その頃には「病室より教室の方が気が紛れる」と言って、勉強もし、トランプもし、当時在籍していた男子生徒たちととても仲良くなって楽しく過ごし、勉強もよくできる子でした。年度末に院内学級で文集を作るからと原稿用紙を渡すと、しばらく考えて短い作文に書いてくれたのは卓球のことでした。

「大好きな卓球」

ぼくは小学生の頃から卓球をしていました。

中学生になって、小学生の頃より練習がとてもきつくなりました。

毎日毎日夜遅くまでいやだなと思ったこともありました。

でも入院してから何週間かして、卓球がしたくなりました。好きな卓球ができていたことが、うらやましくなってきました。好きなことができるということがどれだけいいことなのかが、この長い入院生活でわかりました。

あんなにきつくていやだと思ったりしたのに、できなくなったらしたくなった、それがどんなに幸せな時間だったのか失ってみてよくわかる、中学生の素直な気持ちがそこに並んでいました。またそこに戻れたらと本人は願っていたのですが、それは難しい、とても厳しい治療が彼を待ち受けていたのでした。

ある日、『卓球王国』という卓球専門誌を隅々まで読んでいるのを見かけて、学校に帰ったときにその話を職員室でしたら、当時の教頭が「以前、人権教育講演会で桑田中に来てくれたパラ卓球の岡選手のサインがあるよ。手術のお守りじゃ言うて持って行ってあげればいい」と言ってくださって、「それは喜びます！」と早速準備して持って行きました。それが翌日には教頭が岡選手に連絡を取ってくださっていて、「そのサインは学校に差し上げたものだから、彼のためにまた送りますから」と言ってくれたと。そしてすぐに新しい色紙が届き、その中には「岡山に来たのも何かの縁だから、ぜひ一緒に練習しよう。手術を乗り越えて卓球するのを楽しみにしています」という手紙と、ブラジルオープンで買ってきたというミサンガが入っていたのです。それを渡したときの嬉しそうな顔！「すげー！　やべー！」と少年らしい屈託のない笑顔、病気を忘れる一瞬、そういう顔が見られて本当に嬉しかったことを覚えています。その後、岡選手は本当に院内学級までやってきて、教室の小さな卓球台で一緒に卓球ができたのです。大事な試合の前に調子が悪くなったときに、なんとか方法はないかとあの手この手を考えて準備し、それで出た試合で優勝したことを生徒たちに話してくれて、「一パーセントでも可能性があればあきらめない、これが僕の信条だ」と話してくれました。日下君だけでなく、そこにいる中学生がみんな熱い思いでその話を聞いていたと思います。どんなに治療が難しくても可能性があるなら決してあきらめないでほしい、きっと岡選手はそういうことを伝えてくれようとしたのだと思い、本当にありがたかったものです。最後にみんなで記念写真を撮り、後日その写真を送ったら、大切にラケットケースに入れて世界中で試合をしていると連絡がありました。そのときの手紙に「院内学級の生徒さんたちは、病気という大きな敵と闘う優秀なアスリートのようだと思って尊敬している」と書いてくれて、パラ卓球の日本代表の人からそんな風に言われる彼らは本当にすごいと誇らしく感じました。その後も大学病院のリハ室にある本物の卓球台でも一緒に練習してくれて、あの時間は日下君にとって一度は諦めた卓球だったけど、将来自分もパラスポーツで活躍できるかもしれないという次の夢に向かう貴重な時間だったのではないかと思うのです。

院内学級の友達との時間もとても素敵な時間でした。彼の手術の前日、無理しなくていいよと伝えても、術前検査の合間も「教室に居た方がいい」と授業を受けて普段通りに過ごしていました。休憩時間にトランプをしながら「しばらく日下君がおらんとつまらんなー」と誰かが言い、「麻酔したとき何秒で寝た?」「尿管、あれ痛いやろー」「それそれ！手術よりそっちが嫌やわー」と屈託ない会話が続き、この子達にとってはこの大手術も乗り越えていかないといけない治療で、それをこんな風にそっと支えようとする雰囲気が優しくて温かくて、中学生ってすごいなと思ったものです。帰り際に「がんばれ！」と言ってみんなが一人ずつ日下君と握手していて、実は手術当日も「今頃がんばってるかなー」とお祈りのポーズをする子も居ました。みんなが一緒に闘っていたんだと思います。

術後、「早く院内学級に行きたい」と車椅子に乗れるようにリハビリもがんばっていると聞いてとても嬉しかったです。そういう気持ちがきっと彼を前向きにさせているし、「リハビリしたら歩けるようにもなるよ」と言ったら、「歩くのが目標じゃないから」と言ったと。

スポーツマンらしいなと思いました。日下君が学級に来るとみんなが優しい気持ちになりました。本当にそういう男の子だったのです。

退院して原籍校に戻ったとき、スポーツ推薦で入ったあの日下君ではなかったかもしれないけど、友達はずっと待っていてくれて、学校はとても楽しいと言っていました。卓球ができなくても卓球の友達は最高と言っていたし、映画に行ったり遊んだり、そんな普通のことが何より嬉しかったようでした。

でも再発がわかって再入院することになってしまいます。私はどんな顔で言葉をかけたらいいのかわからなかったし、厳しい治療が待っていることを師長さんから聞いていました。師長さんから「厳しいけどもうゴールは決まっている。そこまで太く短くいくか、細く長くいくか、その違い。シュンとして声かけてほしい子はいないでしょう。先生、いつも通りね」と言われて、医療者の強さと現実の厳しさを思い知りました。「ゴールは決まっている」その言葉は重く、何を意味しているかはわかったし、それと向き合う中学生とその家族を思うと本当に切なかったです。でも再入院してまた治療を始めた彼を見て、そうか、ゴールはみんなにあるのだと、私にも、院内学級の他の生徒にも、人間には等しく「死」というゴールに向かう日々が続いていくのだと改めて考えさせられました。それまでの道のりを大切に丁寧に過ごしていく意味を、本当にこの学級の生徒達から教えられることばかりだったと今も思います。

治療が厳しくなると、部屋に行ってもこちらを向こうともしないし話しかけても返事もしない、それは本当にしんどいときで、お母さんがずっとそこに寄り添っているのはすごいことだと思っていました。お母さんが「この子が未来を信じているのに、私が諦めるわけにいかない」と言ったのは、親子の前向きな気持ちが本当に伝わってきた場面でした。お母さんは明るくて優しくて、テレビで感動的なシーンを見るとすぐに泣いちゃって、日下君は「母さん、また泣いとる」とよく笑っていました。でもね、治療のことでは日下君の前で泣きたくても絶対に泣かないで笑顔で、すごい強いお母さんだったんだよ。お父さんは飄々として、ときどき出雲から面会に来てくれて、病室で同じ漫画を読んだり、おしゃれな息子に流行の服を教わったり、息子との思い出を一つ一つ大切に手の中に集めているようなお父さんでした。優しい両親にしてこの息子、そう思わせた素敵な家族です。

勉強の方も、「僕はガリ勉になる！」とがんばっていて、お父さんもおじいちゃんも出たという高校に無事入学できたときは、周囲は本当に喜んでいたようです。「自転車で学校に行ったり、帰りにコンビニに寄ったり、そんなことがしたいんよなー」と言ったときは、普通の高校生なら誰もがすることをしたいけど今はできない、でもきっと楽しい高校生活が始まる、彼なりにそう感じていたんだと思います。入学後も勉強はずっとがんばってい て、クラス三位になったと嬉しそうだったし、もっとゆっくりしたらと周りが心配しても、未来を諦めないことを勉強をがんばることでモチベーションにしていたのだと思います。途中、抗がん剤治療で髪が抜けて「もう少し髪が戻ってから学校に行こうかな……」と言ったりしても、朝になるとちゃんと準備して登校していたと聞いて、勉強することや友達に会うことをこんなにも大事に思っている高校生が日本中にどのくらいいるだろうかと思わないではいられませんでした。

いよいよもう手術はできないという段階になったと聞いて心配しましたが、お父さんが「腹をくくろう」と言い、お母さんが「あきらめない」と言い、その中でできるだけ普通に過ごしていると聞いて、ずっと家族で彼を中心に繋がっているんだなと思いました。

亡くなる少し前に岡山からお見舞いに行きました。病院の守衛室のようなところで日下君の病室を聞くと「日下智貴さん……緩和ケア病棟ですね、あー若いのにねぇ、〇〇号室です」と係のおじさんが教えてくれました。「若いのに」本当にそうだ、なぜそこに彼がいるのだろう、なぜこんなにも理不尽なことが起きるのだろう、何年も彼と接していて未だにそれを受け入れられない自分がいました。こんなに彼はがんばっているのに。笑顔で会わなければ。明るい病室に入ると、横になっている日下君とお母さんがいて、岡大病院で話していた頃と変わらないような雰囲気で、でもやはり残された時間が少ないことは伝わってきました。少し会話をして、薬が効いてちょっと眠そうでしたが、卓球で仲の良かった子ものぞいてくれたと話してくれたりしていたときでした。急に咳き込んでそのまま呼吸困難になり、荒い息の中で「なんで?」「怖い！　怖い！」と叫ぶように言い、それを聞いたお母さんは「大丈夫、大きな息をして。力が入っとるよ」と努めて落ち着いた声で応えていました。私はどうしていいかわからなかったし、声をかけてあげることもできず、処置の邪魔をしてはいけないとベッドから少し離れて呆然としていました。肺に水が溜まって溺れるような苦しさだったのでしょうか、看護師さんが駆けつけてショットで薬が入ってようやく落ち着いた頃、これ以上ここに居ても邪魔になるのではと感じて失礼することにしました。いつも冷静だった日下君の「怖い！」という声がずっと耳に残って離れませんでした。あの聡明な男の子が、ずっと弱音を吐かずにがんばってきて、今自分の身に起こっていることを感じながら、息ができない苦しさを訴える声……少し前に、懐かしい人が次々お見舞いに来るので、ふいに「僕は死ぬの？」と言ったと。お母さんは「神様に守られているから大丈夫」と答えたそうで、それでよかったんだろうか、他にもっと彼を安心させる言葉はなかっただろうかと考えておられるようでした。でも、私はお母さんがとっさにそう答えたのが一番の正解だったと思っています。彼の傍にお母さんがいることが一番の安心だったと思うからです。お母さんがいつも日下君に言っていた言葉、「出雲にはたくさんの神様が集まっていて、智貴を守ってくれている」と。どうか彼に穏やかな時間が少しでも長く残されていますように、彼をお守りください。私は出雲を去りながらたくさんの神様に手を合わせ、心から祈っていました。

亡くなった日はちょうど日曜で秋晴れのとてもすがすがしい日だったことを覚えています。私は町内の祭りで子供達を連れて氏神様にお参りして、生徒達の平癒を祈ったばかりでした。そこに連絡が入り、彼がついに眠りについたことを知ったのです。この日が来ることは心のどこかで覚悟していたはずなのに、あまりに急なことのようで全身の力が抜けてしまいました。

次に会えたのは葬儀でした。いや、正確には日下君には会えませんでした。出雲では葬儀の前に茶毘に付されるということを知らず、最後に顔を見て送りたいと思っていましたが、それは叶いませんでした。葬儀場で、彼が小学生で卓球の大会に出たときの動画が流れていて、それを一人眺めながらお父さんが声も立てずにハラハラと涙を流しているのを見て、どんなにか悔しく悲しく言葉にならないのだろうと声がかけられませんでした。遺影の写真は、最後に院内学級に遊びに来てくれたときに写して隣に私が写っているものから選んだと聞きました。「それがとてもいい表情をしていたんですよ」と聞いて、また涙が出ました。彼はいつも穏やかだったし前向きでした。家族も。短かったけど一生懸命に生きて、今もみんなの心の中にいる、そういう存在だと感じています。

日下君へ

あなたは本当にずっと穏やかで、今思い出しても卓球をしたりトランプをしたりしている笑顔ばかりが浮かんできます。ときにはわめきたくなったり投げ出したりしたくなったこともあっただろうに、それをしなかったのはあなたのプライドだと思うし芯の強さだと思って尊敬しています。いつだったか、「パラ卓球の選手もいいけど、教師になって子供達に卓球を教えるのもいいな。先生、院内学級の先生ってどうやったらなれる?」と言ってくれたときは、涙が出そうなほどうれしかったんだよ。あなたのように厳しい治療を乗り越えて、穏やかな笑顔でここの生徒に接してくれたら、みんなどんなに勇気づけられるだろう！　と夢見たものです。そちらでまたお父さんと卓球しているかな、ひょっとして先生になっているかも？　私より教えるの、上手そう！　お母さんもがんばっておられますよ。私もあなたに恥じないように、ゴールまでもう少しがんばります。またそちらに行ったら会いましょうね。

スペシャルサンクス　カバー絵　片寄優斗さん

カバーの絵は智貴が可愛がっていた猫のサボを描いたものです。

片寄優斗さんは、私の友人の息子さんです。希望を持って入学した高校一年の夏に、学校に行けなくなるという辛い経験をされました。そんな中でも絵を描くことが好きだったことから強い気持ちを持って自らを奮い立たせ、美術大学を目指そうと通信制高校にあらためて入学し、ご家族の温かい見守りの中で、見事に第一希望の美術大学に合格されました。そして現在は、得意な絵を生かして東京のデザイン事務所にてお仕事をされています。

高校生活が苦しくなり、学校に行きたいのに行けない辛さの中にあって、通信制高校を選択することがどんなに大変な思いであったかを考えます。そんな中でも智貴のために、鉛筆画しか書いてこなかった片寄さんが、色鉛筆で七色の猫を描き上げて贈ってくれました。何とも言えない優しい表情の絵に、智貴が癒されたことは言うまでもありません。この本の表紙にしたい旨を伝えたところ快く承諾してくださいました。心から感謝を申し上げます。

著者プロフィール
日下 みゆき（くさか みゆき）
1964年生まれ
島根県在住
猫１匹、犬１匹と同居

君がくれた光を紡いで

2023年７月16日　初版第１刷発行

著　者　日下 みゆき
発行者　瓜谷 綱延
発行所　株式会社文芸社
〒160-0022　東京都新宿区新宿１－10－１
電話　03-5369-3060（代表）
03-5369-2299（販売）

印刷所　図書印刷株式会社

ISBN978-4-286-24305-4